Antonio Tabucchi

Der schwarze Engel

Aus dem Italienischen
von Karin Fleischanderl

Carl Hanser Verlag

Die Originalausgabe erschien erstmals 1991 unter dem Titel
L'angelo nero bei Feltrinelli in Mailand.

1 2 3 4 5 00 99 98 97 96

ISBN 3-446-17051-0

Satz: Satz für Satz. Barbara Amann, Leutkirch
Druck und Bindung: Clausen & Bosse, Leck
Printed in Germany

Engel und Puppe: dann ist endlich Schauspiel.
Rainer Maria Rilke, *Duineser Elegien, IV, 57*

Vorbemerkung

Ich hätte diese Erzählungen, die mich in einer bestimmten Phase meines Lebens begleitet haben, gerne meinerseits mit einer Anmerkung begleitet, sie verabschiedet oder ihnen letzte Worte mit auf den Weg gegeben. Aber jetzt, da diese Seiten mir dies abverlangen, gelingt es mir nicht. Vielleicht bin ich nur müde. Müde dieser Seiten, meiner selbst und eines Zusammenlebens, das kein sehr heiteres war. Engel sind anspruchsvolle Wesen, vor allem jene, von denen in diesem Buch die Rede ist. Sie haben keine weichen Federn, sondern ein kurzgeschorenes Fell, das pikst.

Genug. Sie sollen gehen, wie sie gekommen sind. Nichts soll sie rechtfertigen, nichts soll sie beschützen, schon gar nicht eine Randbemerkung, die sich aus beiläufigen Worten zusammensetzt. Nur über einen Engel möchte ich ein paar Worte sagen, und zwar über jenen, der in der letzten Erzählung auftaucht und in dem, in einer erfundenen toskanischen Maremma, die Gestalt von Vernes Kapitän Nemo aufersteht. Diese Geschichte war Teil eines Romans, den ich vor vielen Jahren geschrieben und dann weggeworfen habe. Plötzlich sind die ersten zwei Seiten dieses Romans aus einer Schublade aufgetaucht, in Form einer Zeitschrift, die ein Teil meiner Jugend war und der ich nachtrauere. Diese Seiten haben Wirkung gezeigt. Und sie haben nach einem Abschluß dieser Geschichte verlangt, nicht so, wie ich ihn vor Jahren geschrieben hatte, sondern so, wie ich ihn mir jetzt vorstelle. Was war, kehrt zurück, klopft an unsere Tür, unverschämt, flehend, einschmeichelnd. Oft trägt es ein Lächeln auf den Lippen, aber dem darf man nicht trauen, es ist ein trügerisches Lächeln. Und in der Zwischenzeit leben oder schreiben wir, was ein und dasselbe ist, in dieser Illusion, die uns leitet.

Der Titel dieses Buches ist Eugenio Montale entlehnt, der vor mir einem Engel mit schwarzen Flügeln begegnet ist. Dieser Titel soll eine Hommage sein, vor allem aber ist er eine liebevolle Erinnerung.

A. T.

Stimmen, die von irgend etwas hergetragen werden, wer weiß, wovon

Manchmal beginnt es mit einem Spiel, einem kleinen, geheimen und beinahe kindischen Spiel, das nur du kennst und von dem zu sprechen dir peinlich wäre, so etwas tut man nicht, aber es ist ein Spiel, ein Streich, den man sich selbst oder anderen spielt, die zufälligen Passanten, die zufälligen Gäste, sie sind deine ahnungslosen Spielgefährten, auch wenn sie es nicht wissen. Weil sie reden. Es ist ein einfaches Spiel, es kostet nichts, es gibt keine Regeln außer denen, die man selbst aufstellt, und das macht es reizvoll und unkompliziert, man braucht nur spazierenzugehen, am Sonntag zum Beispiel, Sonntag ist der beste Tag, da sitzen in den Cafés eine Menge gelangweilter Pärchen herum, Grüppchen alter Freunde, die sich Geschichten erzählen, Einsame, die den Kellner in ein Gespräch verwickeln, alte Frauen, die lamentieren und meinen, zu ihrer Zeit sei alles besser gewesen und jetzt sei die Welt aus den Fugen geraten, ja, genau, so ein Satz genügt, und du wählst ihn aus, schneidest ihn aus dem Gespräch heraus wie ein Chirurg, der mit dem Skalpell einen Gewebefetzen nimmt und ihn isoliert, zum Beispiel: *Als mein verstorbener Gatte und ich Silberhochzeit feierten*, das reicht, so ein Satz eignet sich ausgezeichnet als Anfang, heute ist ein Spätfrühlingstag, ein Schwarm Tauben kreist über dem Dach des Domes, zieht eine Schleife und bildet einen hellen Fleck, auf dem Platz sind zu viele Tauben, sie machen Dreck, aber sie sind ein hübscher Anblick, wichtig ist, daß man die Sprecherin dabei nicht ansieht, das ist eine Regel, die du manchmal gerne befolgst, schau also den Tauben zu, auf diese Weise blickst du nach oben, wer weiß, wie die alte Dame aussieht, du kannst sie dir ohnehin vorstellen, sie unterhält sich mit dem Zeitungsverkäufer, du hast gehört, daß sie die Radiozeitung verlangt hat, was für ein schöner Satz, um mit deinem Spiel zu beginnen, du schneidest ihn im Geiste nach »feierten« mit der Schere ab, das Wort »Silber« paßt im übrigen ausgezeichnet zu dem hellen Fleck, den die Tauben am Himmel bilden, du gehst langsam über den Platz, wann werden endlich die Bauarbeiten zu Ende sein, du wiederholst den Satz ein paarmal in Gedanken, kostest ihn aus, ein schöner Anfang, wie ein gutes Blatt beim Pokern, wer weiß, was du heute abend zusammensetzen wirst, es ist schön, am Abend eine absurde und dennoch logische kleine Geschichte zu schreiben, die dir die

Stimmen der anderen geschenkt haben, eine Geschichte, die ganz anders ist als die Geschichten, die all die Leute erzählt haben, denen du diese Geschichte gestohlen hast, die trotzdem dir allein gehört, denn die anderen wüßten gar nicht, was sie mit so einer Geschichte anfangen sollten, sie würden sie nicht einmal wiedererkennen, ein jeder hat ein kleines Stückchen beigetragen, ein Steinchen, das du aufgelesen, ausgewählt und dorthin gesetzt hast, wo es hingehört, dieses und kein anderes, um daraus ein Mosaik zu schaffen, das du heute abend begierig betrachten wirst, erstaunt darüber, wie die Dinge sich entwickeln, wie ein Wort sich zum anderen fügt, eine Tatsache zur anderen, ein Detail zum anderen, bis etwas entsteht, das es bisher nicht gegeben hat und das es jetzt gibt: deine Geschichte.

Vielleicht ist es eine gute Idee, sich in ein Café auf der Piazza Dante zu setzen, es gibt dort eine Konditorei mit ein paar Tischchen im Freien, vor einem kleinen Laden, der »La Rapida« heißt und in dem man Taschen und Schuhe reparieren lassen kann, um diese Zeit sitzen dort immer ein paar Gäste, die Kaffee trinken und Eis essen, bei dem schönen Wetter heute werden auch die alten Männer auf der Straße sein, die in den kleinen Häusern rund um die Piazza wohnen, es sind alte Männer, die immer einen Hut tragen, oft spucken, Karten spielen, hin und wieder fast unverständliche Sätze murmeln und sich mit den anderen unterhalten, als würden sie Selbstgespräche führen, das ist ihre Art und Weise, mit irgendwem über irgendwas zu sprechen, sie sind ideal, um einen Satz wie den, den du gerade aufgelesen hast, fortzusetzen, mal sehen, was man anfügen könnte. Du gehst die Via Santa Maria hinunter, die ersten Scharen von Touristen mit dem Fotoapparat um den Hals sind bereits unterwegs, einige von ihnen fotografieren, von hier aus bietet der Turm einen merkwürdigen Anblick, man sieht von ihm nur ein verzerrtes Stück, das über die Dächer zu kollern scheint, irgendwie beunruhigend, an der Stelle dieser Snackbar war früher einmal eine Schwesternschule, immer wenn du hier vorbeigehst, erinnerst du dich daran, daß du hier einmal auf ein Mädchen gewartet hast, eine Ewigkeit ist das her, du hast nicht einmal mehr Lust, nachzurechnen, damals warst du ein anderer, merkwürdig, aber die Erinnerung ist dir geblieben, so wie du heute bist. *Er hat seinen Tod vorgetäuscht, um sich die Schande des Konkurses zu ersparen.* Dieser Satz ist ein Geschenk, du brauchst ihn nicht einmal von anderen Sätzen abzutrennen, denn das Geplauder der beiden Damen, die an dir vorbeigegangen sind, wird in zwei Meter Entfernung nicht mehr zu verstehen sein, du brichst die Regeln und drehst dich nach ihnen um, aber du siehst nur, daß eine der beiden höchst verwundert dreinschaut, als könne sie ihren Ohren nicht trauen, und die andere nickt, als wolle sie sagen: So war es, meine Liebe, glaube mir; es sind zwei elegante Damen, vielleicht gehen sie zur Messe in den Dom, aber da die Messe erst später beginnt, verbringen sie den Nachmittag damit, Leute zu beobachten, zu plaudern, sich ihr Herz auszuschütten, wer weiß, von wem sie sprachen, wer den Tod vorgetäuscht hat, um sich eine solche Schande zu ersparen, aber es ist dir ohnehin egal, wichtig ist, daß der Anfang der Geschichte eine vielversprechende Fortsetzung bekommen hat: Als mein verstorbener Gatte und ich Silberhochzeit feierten, täuschte er seinen eigenen Tod vor, um sich die Schande des Konkurses zu ersparen. Fürs erste kannst du einen Punkt machen und darauf warten, was das Schicksal dir bringt.

Schade, daß das Wetter plötzlich umschlägt. Ein heftiger, böiger Wind hat angehoben, er ist kalt und schmeckt nach Salz, er kommt vom Meer, das Licht ist bläulich geworden, als stünde ein Gewitter bevor, und von Süden zieht eine tintenschwarze Wolkenwand auf, gegen die sich der Marmor der Brücken und der Spina-Kirche abhebt, sie wirkt jetzt wie ein zerbrechliches Schiff vor einem strahlenden Hintergrund. Die Luft ist elektrisch geladen, das merkt man, wenn man nur etwas Gespür für diese Dinge hat, man merkt es am unruhigen Flug der Tauben, an der künstlichen Hast der Passanten, an der Nervosität der Katzen auf dem Platz: Aber du weißt sehr gut, daß das Gewitter noch nicht unmittelbar bevorsteht, du kennst diesen Ort und sein Klima vorzüglich, wenn vom Meer her ein Frühlingsgewitter aufzieht, dauert es mindestens zwei Stunden, bis es über der Stadt niedergeht, zuerst blitzt es am Horizont, und die Donner grollen wie Kanonen aus der Ferne; dann ziehen Wolken auf, dichtgedrängt und bleiern, eine undurchdringbare Masse; die Stadt verdunkelt sich, selbst am hellichten Tag wird es Nacht, und erst jetzt geht das Gewitter nieder, mit einem entsetzlichen Wind und einem schräg fallenden, böigen, unerbittlichen Regen.

Vor dem Café Dante räumt man vorsorglich die Tischchen weg und stapelt sie im Innenraum, eins aufs andere, in der Ecke über den Kisten mit den alkoholischen Getränken, damit sie die Gäste nicht stören. Du bestellst einen Kaffee und bleibst ein wenig da, um die Kommentare des Besitzers und seiner Freunde zu den Sportberichten zu hören, die im Radio gerade übertragen werden. Juventus ist drauf und dran, gegen diese Provinzmannschaft zu verlieren, wer hätte das gedacht; der Rasen ist daran schuld, meint der Besitzer des Cafés, die spielen ja in einem Sumpf; aber dann spielen auch die anderen in einem Sumpf, erwidert sein Freund zu Recht. Ja, sagt der Besitzer, aber Fußballmeister sind im Nachteil auf morastigem Boden, du weißt ja, wie empfindlich Fußballmeister sind, sie spielen auf den Fußspitzen, sie sind wie die Tänzerinnen von der Scala, eine Tänzerin von der Scala kann man nicht auf dem Gehsteig tanzen lassen. Sein Freund nickt, nicht gerade überzeugt, und sagt: Tja, eigenartiges Wetter, der Tag heute ist wie verhext; er geht zur Glastür und schüttelt den Kopf, wird wohl das Schaltjahr dran schuld sein, sagt er dann abschließend, in Schaltjahren ist es offenbar immer so.

Du gehst mit deiner Tasse Kaffee ins Nebenzimmer, wo die Stammgäste Karten spielen. Es sind immer dieselben, du kennst sie seit Jahren, und sie kennen dich, sie wissen, daß du herkommst, um ihnen beim Spielen zuzusehen, oder zumindest glauben sie das, und trotzdem dulden sie dich, denn wie man weiß, wollen Spieler keine Kiebitze um sich haben. Aber zwischen dir und ihnen besteht fast eine Art Komplizenschaft wie zwischen alten Freunden, obwohl ihr keine Freunde seid, sondern höchstens Kaffeehausbekannte, sie wissen nicht einmal, wie du heißt, aber das macht nichts, ihr kennt euch gut genug, um euch herzlich zu begrüßen: Guten Abend, wie läuft das Spiel, ihr alten Glücksritter? Ein paar grinsen, einer schüttelt den Kopf, einer macht eine Geste, als würde er protestieren; und so blickst du dich um und nippst an deinem Kaffee, unschlüssig, an welchen Tisch du dich setzen sollst. Ganz hinten ist ein dramatischer Poker im Gange, also lieber nicht; neben der Tür wird lebhaft Scopone gespielt und am Tisch der Anspruchsvollen Fünfer-Briscola, ein merkwürdiges Spiel, Fünfer-Briscola, man muß Glück haben und gewieft sein, fast wie bei deinem Spiel mit den Worten, man braucht nur zwischen den Karten zu wählen, die einem der Zufall zuspielt, und aufgrund dieser Karten zu erraten, wen man als Komplizen hat, denn man hat einen Komplizen, den man unter vier möglichen Komplizen erkennen muß, man muß sich auf das Schicksal und die eigene Intuition verlassen, also Fünfer-Briscola, du rückst einen Stuhl an den Tisch und schaust schweigend zu, den Blick aufmerksam auf die Karten geheftet, konzentriert sich dein Gehör auf die Sätze, die durchs Zimmer schwirren, verschlüsselte Sätze von Kartenspielern: hin und wieder ein Fluch, Worte, die einen Augenblick lang im Raum stehen und sich dann verflüchtigen, von anderen Worten verjagt.

Früher konnte ich es dir nicht sagen, aber jetzt mußt du es wissen. Du hast den Satz ganz plötzlich im Ohr, er überrascht dich wie der Schmerz einer plötzlichen Verletzung durch eine Nadel oder einen Bohrer, dann spürst du, wie er in deinem Kopf explodiert und in kurzen Abständen widerhallt, bevor er verklingt: *Jetzt mußt du es wissen.* Du bist aufgesprungen und blickst gehetzt zur Tür, auch die Spieler schauen dich an, wahrscheinlich bist du aschfahl und in deinen Augen liegt Schrecken, du setzt dich hin und versuchst dich wieder zu fassen, gut, keiner schenkt dir mehr Aufmerksamkeit, wahrscheinlich denken sie, daß es eine Geste der Langeweile war, eine deiner Sonderbarkeiten; du siehst die Spieler der Reihe nach an, überlegst dir, wessen Stimme es wohl war, sofern es überhaupt die Stimme eines Anwesenden war, und du denkst aufs neue an die Stimme, die dir noch immer in den Ohren widerhallt, eine unverwechselbare Stimme, etwas nasal und schleppend, mit einem ironischen Unterton, eine Stimme, die du nur allzugut kennst; und jetzt sagst du ganz leise, fast nur zu dir selbst: Tadeus, du bist hier, ich habe dich gehört, sag mir, wo du dich versteckst. Du siehst noch einmal die Spieler an, du denkst, es wird wohl der Alte mit der Baskenmütze und dem eingefallenen Gesicht gewesen sein, hat Tadeus durch seinen Mund zu mir gesprochen? Und dann die anderen: ein korpulenter Fünfzigjähriger mit zufriedenem Gesichtsausdruck, zwei Jünglinge mit Brillantine im Haar, die vier älteren Herren, die pokern; nein, denkst du, es ist keiner von ihnen, Tadeus ist hier, ganz sicher, er treibt sich hier herum, aber wo? Du läßt den Blick über die Dinge im Zimmer schweifen, wie albern, als ob sich in jedem einzelnen dieser Dinge Tadeus und seine Stimme versteckt haben könnten: im Kalender an der Wand mit einem Druck von Fattori, in dem kitschigen Ölbild neben dem Spiegel, auf dem ein Jäger zu sehen ist, der ein Bläßhuhn erschießt, im Leuchter aus falschem Kristallglas mit den glockenförmigen Schirmchen, und du wiederholst: Tadeus, ich bitte dich, ich habe dich gehört, was willst du mir sagen, von wo sprichst du zu mir, es ist unmöglich, du bist nicht mehr am Leben, deine Stimme kann nicht hier sein. Aber währenddessen wiederholt dein Hirn: Von wo sprichst du zu mir, Tadeus, was willst du mir sagen? Und seltsamerweise bist du dir völlig im klaren, daß die Stimme nicht mehr hier ist, daß sie nicht mehr durch die Menschen in diesem Raum zu dir sprechen wird, daß du sie suchen, ihr auf gut Glück nachlaufen mußt, draußen; also stehst du auf, winkst zerstreut ein Adieu mit der Hand, inzwischen bist du mit etwas anderem beschäftigt, du hast die Sätze weggeworfen, die du während des Tages aufgelesen hast, in dir ist nur noch eine Stimme, die laut und deutlich sagt: *Früher konnte ich dir es nicht sagen, aber jetzt mußt du es wissen.*

Was konntest du mir früher nicht sagen? Das wiederholst du in Gedanken, während du das Café verläßt, unschlüssig, wohin du gehen sollst, Was konntest du mir früher nicht sagen? Und jetzt bist du es, der laut spricht, denn zwei Passanten drehen sich nach dir um, jetzt lieferst du den anderen fertige Sätze. Du spürst, daß du Ruhe brauchst, du mußt dich niedersetzen und nachdenken, du entscheidest dich für eine Parkbank, der Himmel wird immer dunkler, du denkst an jene Jahre, an alles, es ist unmöglich, an alles gleichzeitig zu denken, die Ordnung muß eingehalten werden, aber gibt es überhaupt eine Ordnung? Und auf welche Ordnung bezieht sich ein Satz wie dieser? Auf welche Zeit, auf welchen Augenblick, auf welche Gegebenheit? Auf alles, er kann sich auf alles beziehen, also hat es gar keinen Sinn, eine Ordnung einzuhalten, laß die Dinge ruhig kommen, so, wie sie kommen. Und du denkst: Er bezieht sich auf den Roman, der Roman ist mißglückt. War es nur deine Schuld, oder hat etwas anderes dazu beigetragen, daß der Roman mißglückt ist? Vielleicht hat etwas anderes *dazu beigetragen*, aber was? Inzwischen ist es zu mühsam, darüber nachzudenken, man müßte alles bis ins kleinste Detail zurückverfolgen, jene Augenblicke, jenen unglückseligen Sommer, die Septemberstürme, die einsamen Abende, die Villa, Isabel, die immer jemanden zum Abendessen einladen wollte, sie hatte Angst, vielleicht, die Abende machten ihr angst, und der Roman ist mißglückt. Aber nein, der Roman hat nichts damit zu tun, er erlitt einfach das Schicksal, das ihm bestimmt war, denn es war richtig, daß es so kam. Aber war es richtig, einen Menschen auf diese Weise fallenzulassen? Es war nicht richtig, du weißt es, sie war ein Sündenbock, es war eine merkwürdige Rache. Du hörst aufs neue den Wind in jener Nacht, als der Sturm losbrach und die alten Fenster knarrten; Isabel bemerkte nie etwas, nichts, was den Roman betraf, er war ihr egal, ihr war einzig und allein wichtig, Gesellschaft zu haben, sie wollte nicht mit dir allein sein in dem unheimlichen Haus auf den Klippen. Plötzlich fällt dir unvermittelt etwas ein, was dir jedoch als sehr logisch erscheint, und du sagst: Isabel war unglücklich, ihre Angst bestand zum größten Teil daraus. Das sagst du zu dem weißen Erzherzog, der auf der von ziegelroten Häusern gesäumten Piazza steht, es ist dein Lieblingsplatz in der Stadt, er hat einen ungewöhnlichen Grundriß, er ist trapezförmig, da er von einem Palazzo mit vorspringenden Gittern vor den Fenstern begrenzt wird; der Himmel ist blauschwarz, der Erzherzog blickt in Richtung Meer, als fürchtete auch er sich vor dem Sturm und beobachtete dessen Herannahen; sie war nur unglücklich, es war ein Irrtum, zu glauben, sie hätte Angst, oder besser gesagt, auch auf diese Weise kann man Angst haben, denn unglücklich zu sein ist auch eine Form von Angst. Du setzt dich auf den Steinsockel, in der absurden Hoffnung, die Statue mit den realistischen Zügen könne dir eine Stimme hertragen, die dir bereits zu entfliehen droht; aber warum auch nicht, es ist ein Reiter mit langem Mantel und einem vornehmen und traurigen Gesicht; er muß die Lust an der Macht und die Bitterkeit des Verrats gekannt haben, vielleicht könnte er dir auch die Stimme hertragen; und so setzt du dich, zündest dir eine Zigarette an, betrachtest den Reiter von unten, sein Pferd scheint sich einen Weg zwischen den Wolken zu bahnen, es ist ein Schlachtroß, in dessen leeren Augenhöhlen dasselbe Staunen und dieselbe Trauer liegt wie in den Augen seines Reiters, du sagst: Tadeus, ich bitte dich, was hast du mir zu sagen? Und dabei erinnerst du dich an jenen Sommer, den du so gründlich vergessen hast, nachdem du ihn in einen Keller gesperrt und diesen Keller mit einer schweren Tür verschlossen hattest. Und jetzt hat sich diese Tür wie durch einen Zauber bewegt, sie ist verrutscht und hat einen Spalt freigegeben; und du holst tief Luft, weil dich jetzt auch der Geruch von Lavendel erreicht, das Land rund um die Villa war voller Lavendel, wenn du am Morgen zu den Klippen hinuntergingst, roch die Luft nach Salzwasser und Kräutern; dann drehst du dich um, weil vom Haus her ein Schrei zu hören ist, nein, kein Schrei, sondern eher ein ersticktes Weinen, Schluchzen, das der Wind heranweht, du bist unschlüssig, ob du umkehren sollst, aber du willst von nichts wissen, es ist nichts passiert, nichts Wichtiges, so etwas passiert hin und wieder, jemand schluchzt, und jetzt sagst du noch einmal: Unglücklich zu sein ist eine Art Angst, Tadeus, das habe ich immer gewußt, aber ich wollte nicht darüber nachdenken, das ist es, woran du mich jetzt erinnern willst, du willst mit mir über Isabel sprechen, deshalb rufst du mich. Aber der Erzherzog blickt mit seinen leeren Augen zum Meer, inzwischen jagen die Wolken über den Himmel, und deshalb jagt auch das Schlachtroß im wilden Galopp dahin, beide scheinen ihrer Vergangenheit entgegenzufliegen, auch sie in umgekehrter Richtung; und so stehst du auf und überquerst die Piazza, über die du schon so oft in deinem Leben gegangen bist, du erinnerst dich noch an das alte Kino, das später abgebrannt ist; als Kind hat man dich hierher mitgenommen, um

Chaplin zu sehen, du biegst auf die Arnopromenade ab und lehnst dich an die Brüstung, in der Nähe der Flußmündung hat sich ein Spalt violetten, düsteren Lichts aufgetan, hier sind mehr Leute unterwegs, aber es sind eilige Passanten, die kein Wort sagen, du überlegst dir schnell, wohin du gehen sollst, er will mit dir sprechen, seine Stimme braucht eine Stimme, oder besser gesagt, du willst, daß er mit dir spricht, Du mußt sprechen, Tadeus, so etwas kann man nicht einfach sagen und dann mittendrin abbrechen; wo bist du, die Stadt ist groß, bist du hier, oder wartest du an einer anderen Stelle auf mich, wenn du hier bist, folg mir, ich bitte dich, suchen wir einen Ort, wo Leute sind, die sich unterhalten, sag mir noch etwas, du mußt mir noch etwas sagen, du kannst jetzt nicht einfach aufhören. Wovor hatte sie eigentlich Angst? Oder *vor wem*? Inzwischen kann ich nicht anders, ich muß diesen Gedanken formulieren, du verstehst mich, Tadeus, du hast mich auf den Gedanken gebracht, schau, ich wollte ja nicht, das schwöre ich dir, jahrelang wollte ich nicht daran denken, aber du hast mich jetzt dazu gezwungen, denn Angst hat man nicht nur vor einem Ort oder einem Haus, Angst hat man vor jemandem oder vor etwas, das kann ich dir sagen, denn an jenem Tag bin ich weggegangen und den ganzen Tag auf den Klippen geblieben, und zwar, weil ich nichts davon wissen wollte, eine andere Erklärung habe ich nicht, warum wäre ich sonst den ganzen Tag auf den

Klippen geblieben, ich hörte den erstickten Schrei und drehte mich um, und vor der Villa stand ein Auto, es war nicht dein Auto, es war ein unbekanntes Auto, ich hätte hingehen und nachsehen sollen, aber auch Isabel wollte nicht, daß ich etwas davon wußte, und so habe ich die Zeit verstreichen lassen und aufs Meer hinausgeschaut, mit einem Gefühl des Verlusts und der Sinnlosigkeit, ich habe darauf gewartet, daß alles zu Ende ging, aber was alles, Tadeus, du weißt es und mußt es mir jetzt sagen. Du mußt es mir sagen, denn sonst ...

Was sonst? Hat deine Drohung vielleicht einen Sinn? Tief in deinem Inneren weißt du, daß sie keinen Sinn hat, denn du könntest ihn auch beschimpfen, verfluchen: Aber dort, wo er sich befindet, lacht er nur über deine Flüche. Er befindet sich bereits an einem Ort der Verdammten, das hast du immer gewußt, und jetzt lacht er dich aus, weil du ihn zur Hölle wünschen möchtest; er fühlt sich äußerst wohl an einem Ort, auf den er sich ein Leben lang vorbereitet hat, ein Leben lang, das aus Verneinung und Verschwendung bestand, das sich darin erschöpfte, schlecht über sich selbst und die anderen zu denken, das ganz darauf abzielte, sich selbst und andere in Versuchung zu führen. Und du weißt auch, daß er jetzt dich in Versuchung führt. Seine hinterlistige und heimtückische Aufforderung ist auf ihre Weise eine Provokation, eine Versuchung, und du sagst: Tadeus, an jenem Tag warst du es mit einem anderen Auto, du hast Isabel dazu gebracht, es zu tun, du hast es auf dich genommen, du hast alles ausgeheckt, alles organisiert, du hast sie ins Verderben gestürzt.

Und wie? Das denkst du, während du über die Arnopromenade in Richtung Cittadella gehst, durch jenen Teil der Stadt, in dem die Häuser zur alten, mit Zinnen bewehrten und von Efeukissen überwucherten Stadtmauer hin immer seltener werden, der Wind ist inzwischen stürmisch geworden, er wirbelt Blätter und alte Zeitungen auf, wie hat er sie ins Verderben gestürzt, wie hat er sein Opfer umgarnt? Und du siehst ihn wieder vor dir, mit seinem spöttischen Lächeln und seiner Schlagfertigkeit, witzig, antikonformistisch, sarkastisch: Wie unterhaltsam Tadeus doch war, Tadeus, der Herzensfreund, oder besser gesagt, der Geistesfreund, denn auf den Geist hielt er viel, er hatte ihn auf seine Fahnen geschrieben. Und Magda, denkst du, was für eine Rolle spielte sie in der ganzen Geschichte? Sie, die so still und fürsorglich war, immer verfügbar, fast beflissen, mit ihrem schmachtenden Blick und ihrer ewigen Sehnsucht nach irgend etwas, das sie verloren zu haben schien, ohne zu wissen, was es war: Was für eine Rolle hast du gespielt, Magda? Auf der anderen Seite des alten Stadttors, zwischen der Kaserne und dem Sportplatz, liegt die Bar des Rondinellasportclubs, auf sie steuerst du zu, ohne dir dessen bewußt zu sein, und dabei antwortest du dir, daß Magdas Rolle die der Liebenden war: Ja, auf eine gewisse Weise war es Liebe, wenn auch eine irregeleitete Liebe, wenn auch mit schlimmem Ende; du drückst die Klinke, im Lokal herrscht ein unglaubliches Durcheinander, Lärm, Rauch; ein paar Jungen in Fußballtrikots, in kurzen Hosen und T-Shirts warten auf den Beginn des Sonntagsspiels, aber offensichtlich ist man angesichts des schlechten Wetters unterschiedlicher Meinung, einige Elternpaare, die die Jungen begleiten, möchten das Spiel verschieben, ein Vater in Schiedsrichterdress, mit ratloser Miene, weiß nicht, was er tun soll, er hört sich die Argumente beider Parteien an, um zu einer Entscheidung zu kommen, die Jungen des Rondinella-Clubs warten mit gleichgültiger Miene auf den Ausgang der Diskussion, sie sitzen auf den Bänken und trinken Orangenlimonade; die gegnerische Mannschaft, die aus einer anderen Stadt gekommen ist und die Reise womöglich umsonst gemacht hat, wirkt lebhafter, unter ihnen ist ein Junge, der sich besonders aufregt, mit Nummer elf auf dem T-Shirt, er kann keinen Augenblick stillhalten, er läuft zwischen seinen Kameraden hin und her, er sagt: Wir müssen spielen, wozu sind wir sonst hergekommen; du siehst ihn einen Augenblick lang an, es ist ein dünner Junge, mit Sommersprossen und leuchtenden Augen, und in diesem Augenblick kommt aus seinem Mund, der sich öffnet, um etwas zu seinen Kameraden zu sagen, allein für dich eine unverwechselbare, nasale und leicht spöttische Stimme, die in deinen Ohren dröhnt, als würde sie aus einem Lautsprecher gebrüllt: *Etwas, was auch du herausfinden kannst, du brauchst dich nur auf dem höchsten Punkt der Stadt umzuhören.* Du wartest ein paar Augenblicke, in der Hoffnung, daß sich die Mitteilung fortsetzt, aber jetzt hat der Junge wieder seine schrille Kinderstimme, das Stimmengewirr rund um dich hat wieder angehoben, also stürzt du mehr oder weniger instinktiv hinaus, es fallen bereits vereinzelt große Regentropfen und der Wind ist sehr heftig, unter dem Vordach der Bar steht ein Grüppchen diskutierender Fußballfans, die einen meinen, man solle das Spiel aufschieben, die anderen, man müsse auf jeden Fall spielen, unter den letzteren befindet sich ein großer, kräftiger junger Mann, der die anderen zum Schweigen auffordert, mit dem Finger auf ein Plakat an der Tür zeigt und, um seiner Behauptung Nachdruck zu verleihen, Datum und Uhrzeit des geplanten Matchs laut vorliest: *Am 10. Mai, sechs Uhr nachmittags.* Und die Stimme, die liest, läßt keinen Zweifel zu, du kennst sie bis in ihre feinsten Nuancen; du schaust also sofort auf die Uhr, denn nun ist die Botschaft eindeutig, so eindeutig wie die Verabredung, bis um sechs sind es noch fünfundzwanzig Minuten, und der Turm ist weit weg, am Ende der Straße, die entlang der Einfriedungsmauer verläuft, das ist der höchste Punkt der Stadt, dorthin sollst du gehen, um es zu erfahren.

Aber um was zu erfahren, murmelst du mit letzter Kraft, während du zu laufen beginnst; du könntest auch versuchen, einen Bus zu erwischen, aber heute ist Sonntag, und die Busse fahren nur halb so oft, lieber kein Risiko eingehen, du kannst es schaffen, wenn du läufst; du bist schon lange nicht mehr so gelaufen, deine Schläfen beginnen zu pochen, und dein Herz schlägt schneller, du zwingst dich, etwas langsamer zu laufen, so geht es jedenfalls, und außerdem führt die Allee jetzt bergab. Um eine Abkürzung zu nehmen, läufst du um das häßliche Gebäude der pharmazeutischen Fakultät herum, du durchquerst den Park und biegst wieder auf die Allee ab, die Kronen der Linden sind alle vom Wind zerzaust, und auf der Erde hat sich ein gelblicher Samenteppich gebildet, der den Boden glitschig macht, deshalb läufst du an den Mauern der Häuser entlang und sagst dabei zu dir: Es war nicht meine Schuld, ich wußte von nichts. Dabei schaust du auf die Uhr, denn du siehst schon die Piazza, den großen, grasbewachsenen Platz unter dem bogenförmigen Tor, und jetzt weißt du, du kannst es schaffen, du hast mehr als fünfzehn Minuten Zeit. Nur wenige der Souvenirstände sind noch geöffnet: Viele Verkäufer haben in aller Eile zugemacht, aus Angst vor dem Sturm. Der Platz ist fast menschenleer, du flitzt an einem Grüppchen Amerikanerinnen vorbei, die durchsichtige Regenmäntel tragen, sie sind aus einem Autobus gestiegen und fotografieren den Turm; du nimmst eine Abkürzung quer über die Wiese, das Gras ist feucht und durchnäßt deine Schuhe, aber du achtest gar nicht darauf, du stehst schon am Eingang zum Turm, zum Glück steht niemand am Kartenschalter an, du kaufst keuchend eine Karte, der Kartenverkäufer sieht dich verwundert an, du versuchst, dich zusammenzunehmen und streichst deine Haare glatt, dann steigst du langsamen Schritts die Treppe hinauf, denn du spürst, daß dich der Kartenverkäufer allzu neugierig beobachtet und willst ihm keinen Anlaß zum Argwohn geben. Kaum hast du den ersten Treppenlauf hinter dir gelassen, gehst du aufs neue schneller, du schwitzt ordentlich, die Treppe in diesem Turm ist schrecklich, steil und schief, eine Wendeltreppe, wie ein Darm, und nach jeder Windung siehst du durch ein Fenster die Stadt immer weiter unten liegen, zuerst die Dächer der Via Santa Maria, dann den Mauergürtel, dann den Fluß, der sich in zwei ausladenden Kurven durch die Stadt zieht, du trittst auf die erste Aussichtsterrasse, noch vier Minuten bis sechs, nur noch ein Treppenlauf liegt vor dir, der, der zur Glockenplattform führt, du schlüpfst durch den Türspalt, spürst, daß deine Beine nachgeben, aber jetzt bist du da, du trittst auf die oberste Terrasse hinaus und blickst auf die Stadt hinunter. Niemand ist hier außer zwei unbeirrbaren Touristen, ein älteres Ehepaar, das mit dem Fernglas das Panorama betrachtet, auf den ersten Blick scheinen sie Ausländer zu sein, du näherst dich ihnen unauffällig und lehnst dich an die Brüstung, nahe genug, um ihr Gespräch mitanhören zu können, inzwischen haben sie das Fernglas sinken lassen und unterhalten sich, sie setzt sich vorsorglich ein Kopftuch auf, die dunklen Wolken haben sich inzwischen auf die ganze Stadt herabgesenkt, du spitzt die Ohren, sie sprechen Französisch, ein paar Wortfetzen kannst du verstehen, Es ist eine Krankheit, die man heutzutage in den Griff bekommt, sagt er, eine Virusinfektion wie Gürtelrose. Darauf verstummen sie, nehmen sich an der Hand und gehen die Treppe hinunter. Du blickst dich verwundert um, aber es ist niemand mehr da, du bist allein, hier oben am höchsten Punkt, du fühlst dich betrogen, du sagst: Tadeus, du hast mich sitzenlassen. Und in diesem Augenblick beginnt es in Strömen zu regnen, ein Blitz zeichnet eine Zickzacklinie über dem Fluß, die prallen Wolken platzen und der Regen ergießt sich über die Stadt. Du läßt dich in aller Ruhe durchnässen, klammerst dich mit den Händen an die Eisenstange der Brüstung, und in diesem Augenblick beginnt die größere Glocke hinter dir sechs zu schlagen, es sind feierliche und düstere Glockenschläge, die den Boden vibrieren lassen, der ganze Turm scheint zu beben, du blickst in die Ferne, in Richtung Meer, und dann unter dich, senkrecht. Du spürst, wie der Schwindel deinen Blick gefangenhält, sich in ein Kribbeln verwandelt, das dir den Rücken hinunterläuft und von deinen Händen Besitz ergreift, die sich jetzt von selbst an die Eisenstange der Brüstung klammern, sie abwechselnd umschließen und loslassen: Jetzt weißt du, warum Tadeus dich hierherauf geholt hat, nur er konnte dir einen Treffpunkt wie diesen vorschlagen.

Nacht, Meer oder Ferne

An den Ort, wo die Dinge herkommen, kehren sie auch zurück, und sie bestrafen einander dafür, zur unrechten Zeit gekommen zu sein.

Anaximander

*I*mmer wenn er sich vorstellte, wie die Dinge in jener Nacht hätten vor sich gehen können, drang die nasale und spöttische Stimme Tadeus' an sein Ohr, die einen jener Sätze formulierte, die zugleich alles und nichts bedeuten wollten: Weil sie ein gutes Abschiedsgeschenk ist. Und sofort nahm alles Gestalt und feste Umrisse an: der Jardim do Príncipe Real mit dem hundertjährigen Baum und den gelben Häusern ringsherum, die schmale Gasse, über die quietschend eine Straßenbahn fuhr, jener kalte Abend in einem lange zurückliegenden Jahr, November neunzehnhundertneunundsechzig, das winzige, mit Büchern vollgestopfte Zimmer im zweiten Stock, und darin seine Freunde, sie vier mit ihren Gesichtern von damals, bereits erwachsene Männer und Frauen, ja, aber damals wirkte man immer jünger als man war, wer weiß warum, vielleicht aufgrund der Art der Kleidung oder des Haarschnitts, und trotzdem waren sie Kinder, kaum über zwanzig, sie vier, voller Hoffnung und voll guten Willens, und sie unterhielten sich mit dem berühmten Dichter, der, damals schon fast ein Greis, in seiner Jugend kämpferisch und ungestüm gewesen war, der sich dann widerwillig den Umständen und dem Leben angepaßt hatte, dessen Ungestüm sich in Sarkasmus und Bitterkeit verwandelt hatte und dem von den Kämpfen nur die Skepsis dessen zurückgeblieben war, der die Kämpfe ausgefochten und verloren hat und es inzwischen für sinnlos hielt zu kämpfen.

Und manchmal, wenn er sich diese Nacht vorstellte, versuchte er sogar, diesen hinterhältigen Satz Tadeus' zu überspringen; als drängte ihn ein merkwürdiger Widerwille, beinahe ein kleiner Ekel zum Schluß hin, zu der Verzweiflung und dem Schmerz, die den Opfern bevorstanden; und so sah er sie bereits auf der Straße stehen, das armselige Grüppchen, und sich gute Nacht wünschen, und dann machte einer von ihnen noch eine Bemerkung oder sagte einen Satz; und sie standen noch drei, vier Minuten da, einfach so, zufällig, ohne einen bestimmten Grund, in der Nacht, und in diesem Augenblick kam das Auto, unerbittlich, wie verabredet, und hielt eine Erfahrung bereit, die sie machen mußten, weil sie es waren, die sie gemacht hatten. Aber im selben Augenblick war, genauso unerbittlich, Tadeus' Satz zu vernehmen, unbedeutend beinahe und dennoch heimtückisch, wenn man es sich recht überlegte, und jetzt ließ er, der sich diese Nacht nach so langer Zeit vorstellte, die vier Freunde in seiner Vorstellung rückwärts gehen, wie in einem rückwärts laufenden Film, und er sah, wie sie rückwärts die Treppe hinaufstiegen, den Treppenabsatz vor Tadeus' Wohnung erreichten, in die Wohnung zurückgingen, ja: Sie standen an der Tür, aufs neue bereit, sich zu verabschieden, alles nahm aufs neue feste Umrisse an, und sie mußten noch einmal das Vorspiel, das Präludium zu ihrem Abenteuer dieser Nacht über sich ergehen lassen, sie standen an der Tür und wünschten dem alten Dichter gute Nacht, nach einem Abend, den sie damit verbracht hatten, über Poesie zu sprechen.

Weil sie ein gutes Abschiedsgeschenk ist, würde Tadeus etwas später noch einmal sagen, ein Satz, der alles und nichts bedeuten wollte. War die Poesie vielleicht ein gutes Abschiedsgeschenk? Und außerdem, ein Geschenk für welchen Abschied? Das sollte für alle ein Geheimnis bleiben: Sie waren bereits an der Tür, hatten die Mäntel schon angezogen, Also gute Nacht, Kinder, Adieu, Luisa, Tiago, Tadeus, Au revoir, Michel, aber dann sagte einer: Auf die Nacht, auf das Meer, auf die Entfernung. Vielleicht war es Tiago selbst, der immer wieder von Themen zu sprechen begann, die bereits erschöpft schienen, wirklich typisch für ihn, offensichtlich meinte er damit das Abschiedsgeschenk, das verstanden alle, und vielleicht war auch das der Grund, warum einer von ihnen, wer weiß wie, die Tür wieder schloß. Noch ein Glas, es wäre ein Jammer, die Flasche nicht auszutrinken, die Michel mitgebracht hat, immer bringst du eine Flasche mit, Michel, also hilf uns, sie auszutrinken, und außerdem stimmt der Vers nicht ganz, es müßte heißen: Auf die Nacht, auf das Meer, auf die Ferne; nicht Entfernung, Ferne, das ist ein kleiner Unterschied, sagte Tadeus. Aber nicht deshalb blieben sie, nicht, um noch einmal das Buch von einem der Dichter aufzuschlagen, die sie an diesem Abend gelesen hatten und in dem tatsächlich ein Vers so lautete: Wenn es Nacht ist, Meer oder Ferne. Nein, sie wußten alle, daß sie aus einem anderen Grund blieben, vielleicht ebendeshalb, weil draußen Nacht war, Meer oder Ferne, und Tiagos Bemerkung ein Gefühl zum Ausdruck gebracht hatte, das ihnen allen vertraut war, von dem sie jedoch nicht zu sprechen wagten: ein Unbehagen wie eine leichte Krankheit; nicht Angst; vielmehr eine Mischung aus Unsicherheit und Sehnsucht, als würden sie sich in ihrer eigenen Stadt wie im Exil fühlen und sich nach ihrer wahren Heimatstadt sehnen, die zwar diese war, jedoch in einem anderen Augenblick als an diesem feindseligen Abend, in dieser Nacht mit ihren unheilvollen Wellen, die heranbrandeten, bereit, das Land zu überschwemmen. Genau das spürten sie, während sie an der Tür standen und sich verabschiedeten; und so legten sie die Mäntel wieder ab, die sie eben angezogen hatten, und kehrten in das kleine, mit Büchern vollgestopfte Zimmer zurück, Tadeus' größter Wunsch bestand ohnehin darin, daß man ihm bis in die frühen Morgenstunden Gesellschaft leistete, und wenn er Gedichte las, verlor er jegliches Gefühl für die Zeit. Er sagte: Es ist, als würde ich Gedichte schreiben, die Zeit macht pfssss, wie ein Ball, dem die Luft ausgeht, man lebt dann im luftleeren Raum, im Vakuum, auch wenn man Gedichte liest, habt ihr nicht auch das Gefühl? Er ließ sich in einen Sessel fallen, mit dem Buch in der Hand, und machte Pfssss, und alle lachten, denn in diesem Augenblick machte Tadeus auf jugendlich, und das konnte er gut. Er war zwar nicht alt, aber seine fünfzig sah man ihm an, noch dazu bei dem Leben, das er geführt hatte. Und jetzt tat er, als wäre er zwanzig, benahm sich wie die anderen Zwanzigjährigen. Er machte Pfssss und sagte, Das ist die Seele, die oben und unten austritt, die Seele will hinaus, ein Loch genügt ihr, sonst erstickt sie. Und die anderen lachten, weil sie ahnten, was er damit sagen wollte. Und weil es ihnen ein Bedürfnis war zu lachen, in dieser Nacht. Nur noch wenige Autos fuhren vorbei, und die Straße war bereits dunkel, eine Maßnahme der Polizei, damit sich auf den Straßen keine subversiven Gruppen bildeten, auf der ganzen Straße waren nur das Tor der »Adega Val do Rio« und ein Stück weiter unten die »Guitarra dourada« beleuchtet, in deren Reklameschild, einer Neongitarre, die

Röhre einer Saite durchgebrannt war; und darunter, ebenfalls in Neonschrift: *crustáceos y mariscos.* Tiago trat ans Fenster und sagte: Als ob wir Ausgangssperre hätten, und dann legte er sich eine Hand auf die Brust, als ob er einen merkwürdigen Schwur leistete oder als ob ihn etwas bedrückte, und sagte: Diesmal wird es ihnen nicht gelingen zu gewinnen, diesmal wird es ihnen nicht gelingen, die Wahlergebnisse zu fälschen. Aber gleich darauf drehte er sich zum Fenster um und flüsterte: Warum sollten sie uns gewinnen lassen, sie sind jetzt seit vierzig Jahren an der Macht. Und da lachte jemand, irgendwer, aber vielleicht auch niemand, vielleicht war es ein Seufzer, der wie ein nervöses Lachen klang, und dann hörte man plötzlich aus der Ferne das Heulen einer Sirene, von einem Kranken- oder Polizeiwagen, und Joana sagte, als wolle sie damit das unheimliche Geräusch übertönen: Und wenn wir noch ein wenig läsen, und sie sah sich mit ängstlichen Augen um, den Augen eines jungen Mädchens, das an das Leben und an die Poesie glauben wollte, und ihre Hände zitterten nervös, vielleicht weil sie ahnte, daß die anderen ihre flehentliche Bitte verstanden hatten, der Lektüre einiger Verse jedoch nicht dieselbe Kraft der Hoffnung und der Illusion zuschrieben wie sie.

So weit war der Abend gediehen. Es war noch früh, und dennoch schien es tiefe Nacht; und die verfrühte Nacht erfüllte den Raum mit ihrer Gegenwart und bildete einen unbeweglichen Teich, etwas Böses, in dem sich die Menschen in diesem Zimmer gefangen fühlten wie in einem Bann, der von irgend etwas gebrochen werden mußte. Einer von ihnen – unmöglich zu sagen, ob Tiago oder Michel – machte eine Bewegung, möglicherweise, um den Bann zu brechen, und sagte, weil er den Bann, der sie gefangenhielt, vage erahnte, ein paar Worte, als wären sie eine Beschwörung, hob das Glas und sagte mit einer Stimme, die freudig hätte sein sollen, jedoch düster klang: Auf den November des Jahres neunzehnhundertneunundsechzig, auf den Monat, in dem Salazar gestürzt wird. Merkwürdig, wie greifbar nah der November plötzlich war, heraufbeschworen von diesen Worten. Es war ein glasklarer Oktobertag gewesen, sie hatten ihn am Strand verbracht und hatten Obst und Brötchen dorthin mitgenommen. Einer hatte Mut genug besessen, sich in den Ozean zu stürzen, die Sonne wärmte noch, und als sie nach Hause kamen, spürten sie, daß ihre Gesichter glühten. Und jetzt, plötzlich, war der November ganz nah, von den Fenstern aus hörten sie die Bäume im Botanischen Garten rauschen, ein heimtückischer Wind hatte angehoben, der durch die Ritzen pfiff, und die vom Wind aufgewirbelten Blätter flogen schnell an den Fenstern vorbei.

Sie hätten auch auf das druckfrische Buch, das auf dem Tisch lag, trinken sollen, sie bemerkten es, ein schmaler Gedichtband, den Tadeus an diesem Abend in der Druckerei abgeholt hatte, um ihnen, noch bevor er erschienen war, ein paar Gedichte daraus vorzulesen; aber er schien diesen Trinkspruch verhindern zu wollen, als ob er verlegen oder widerwillig wäre oder als ob er sich etwas genierte, diese Gedichte geschrieben zu haben und sie in diesem November veröffentlichen zu lassen, der für die anderen voller Illusionen war, für ihn dagegen bar jeglicher Illusion, in einem Monat, der bereits von der Niederlage gezeichnet war und auf den man besser keine Hoffnung setzte. Bis schließlich jemand, vielleicht Luisa oder Joana, oder vielleicht beide gleichzeitig, aufgrund eines jener merkwürdigen, der Schüchternheit zu verdankenden Zufälle, die oft Gemeinplätze hervorbringen, die Gläser hoben und einstimmig sagten: Auf die Poesie. Und Tadeus murmelte mit seiner spöttischen und nasalen Stimme: Weil sie ein gutes Abschiedsgeschenk ist.

Erst jetzt bemerkte der, der sich vorstellte, wie die Dinge in dieser Nacht hätten vor sich gehen können, daß sich mit Tadeus' Bemerkung ein Teufelskreis auftat; denn nun schlüpften die Freunde, die ahnten, daß sie mit diesem Satz verabschiedet wurden, in ihre Mäntel, traten zur Tür, öffneten sie, blieben noch einen Augenblick stehen, um sich zu verabschieden, und in diesem Augenblick wiederholte Tadeus, als ob es ein Abschiedsgruß, eine Beschwörung oder ein ironischer Wunsch wäre: Weil sie ein gutes Abschiedsgeschenk ist. Und da antwortete irgendwer: Auf die Nacht, auf das Meer oder auf die Entfernung, vielleicht war es Tiago, und vielleicht war auch dies der Grund, warum irgendwer, wer weiß wie, die Tür wieder schloß und Tadeus sagte: Auf noch ein Glas, es wäre ein Jammer, die Flasche nicht auszutrinken, die Michel mitgebracht hat.

Und alles begann von vorne in der Vorstellung dessen, der sich diese Nacht vorstellte, wie eine Pantomime oder wie ein Spuk: von der Tür zu den Sesseln, von den Sesseln zur Tür, wie arme verhexte Wesen, die zu einer sinnlosen Wiederholung verurteilt waren, gezwungen, das Vorspiel immer wieder aufs neue durchzuspielen, das Vorspiel zu dem gräßlichen Abenteuer, das die Nacht für sie bereithielt und das jemand sie in seiner Vorstellung nicht so erleben lassen konnte, wie sie es erleben mußten.

Doch irgendwann ist es genug. Jetzt sind sie hinausgetreten, gehen endlich die Treppe hinunter, auf dem Treppenabsatz im ersten Stockwerk ist das Lämpchen durchgebrannt, jemand stolpert, man hört ein Lachen, Hör auf zu schubsen, Tiago (die Stimmen Luisas und Joanas), Seid nicht so zimperlich (die Stimme Tiagos), und jetzt sind sie endlich im Erdgeschoß, das Aufschnappen des Drehknopfes, der das Schloß entriegelt, ein Klikken, und jetzt sind sie draußen, ach, endlich draußen aus dem Teufelskreis eines Satzes, der sie gefangenhielt in der Vorstellung dessen, der sich vorstellte, wie die Dinge in dieser Nacht hätten vor sich gehen können; endlich draußen, in der Nacht, dem schwach beleuchteten Park des Príncipe Real gegenüber, kaum Passanten, so gut wie niemand auf der Straße, tatsächlich wie bei einer Ausgangssperre, eine Geisterstadt ringsherum, die Fenster verriegelt, und sie auf dem Gehsteig sagen sich gute Nacht und wechseln ein paar unschuldige Worte, um die Melancholie loszuwerden, die der Abend über sie gebreitet hatte wie einen feuchten Schleier.

Das Auto fuhr mit abgeschalteten Scheinwerfern leise auf sie zu, und als sie es bemerkten, war es bereits an den Gehsteig herangefahren, ein perfektes Parkmanöver, dunkel im Inneren, das Fenster zur Hälfte herabgekurbelt, unmöglich, den Fahrer zu erkennen, nur der Lauf einer Pistole war zu sehen, die auf sie gerichtet war und sich kaum merklich bewegte, mit kleinen Rucken, sie zielte der Reihe nach auf jeden von ihnen, als wäre sie unschlüssig, auf wen sie schießen sollte. Und dann sagte eine sehr leise und ruhige Stimme: Stehengeblieben, junge Herrschaften, jetzt bleiben wir eine Zeitlang so stehen, aber umdrehen und die Händchen heben. Genau so sagte sie: die Händchen; und sie spürten, daß in dieser unpassenden Koseform eine geballte Gewalttätigkeit lag, etwas Gemeines und Böses, das ihnen in den Nacken schlug wie ein eiskalter Windstoß, der sie erschaudern ließ. So standen sie eine Zeitlang und betrachteten die Mauer, unmöglich zu sagen, wie lange, jedoch lange; ihnen kam es endlos lang und absurd vor: Vor wenigen Minuten noch hatten sie von Poesie gesprochen, und jetzt hielt sie eine unbekannte Stimme, die sich mit einer Pistole Nachdruck verschaffte, an einer Wand fest. Jetzt eure Jacken, forderte die Stimme, einer nach dem anderen gibt mir seine Jacke, im Rückwärtsgang. Als erster überreichte Tiago die seine mit ausgestrecktem Arm, ohne sich umzudrehen, als wolle er jegliche Berührung mit dem Wesen vermeiden, das sie bedrohte. Er hörte, daß die Jacke umgestülpt wurde, er hörte Kleingeld und Schlüssel zu Boden fallen, er sagte: In meiner Jacke ist nichts, wenn Sie Geld wollen, das habe ich in der Hosentasche. Die Stimme lachte beinahe gutmütig, und dann sagte sie in schneidendem Ton: Du schwule Kommunistensau, hältst du mich für einen Dieb? Da fand Tiago die Kraft zu antworten und fragte: Aber wer sind Sie, was wollen Sie? Und die Stimme antwortete: Das sage ich dir nachher, Kleiner. Die Hand, die aus dem Fenster ragte, durchwühlte beide Jacken, die ihr übergeben worden waren, und nach der Durchsuchung ließ sie eine nach der anderen in den Rinnstein fallen, der sich zwischen Gehsteig und Auto befand. Und jetzt Ihre Täschchen, Fräulein, sagte die Stimme. Du zuerst, Prinzessin, sagte sie zu Joana, ich bin schon neugierig auf deine kleinen Geheimnisse, ich bin mir sicher, du mit deinem Madonnengesicht hast ein paar ordentliche Geheimnisse in deinem Täschchen, nicht wahr? Die Hand griff in die Tasche, es war eine dicke Hand mit leicht aufgedunsenem Handrücken und kräftigen, kurzen Fingern.

Und in diesem Augenblick tauchte der Barsch auf. Es war ein feister, ölig glänzender Barsch, der aus dunklen Tiefen emporgeschnellt war wie aus dem dunklen Inneren des Autos, das die Opfer dieser Nacht bedrohte: Am Fenster zeigte sich neben der aufgedunsenen Hand mit den kräftigen, kurzen Fingern das Maul eines nach Luft schnappenden Barschs. Wie absurd, eine Hand und das Gesicht eines Barschs im Fenster eines schwarzen Autos in der Rua Dom Pedro Quinto in einer Novembernacht des Jahres neunzehnhundertneunundsechzig.

Aber das war ein Produkt der Phantasie dessen, der sich vorstellte, wie die Dinge in dieser Nacht hätten vor sich gehen können. Hier, an diesem Punkt, brachte seine Vorstellung einen Barsch hervor. Und am merkwürdigsten war, daß es ihm ganz natürlich vorkam, mitten in dieser finsteren Nacht, die so wirkte, als herrsche Ausgangssperre, in der ein leichter Nieselregen zu fallen begonnen hatte und die Blätter vom Wind aufgewirbelt wurden, daß es allen ganz natürlich vorkam, daß im Fenster dieses bedrohlichen Autos ein Barsch auftauchte. Platsch. Der Barsch glitt heraus und fiel in den Rinnstein zwischen Auto und Gehsteig, genau dorthin, wo die Hand, die mit der Pistole auf sie zielte, die Jacken der Jungen und die Taschen der Mädchen hatte fallen lassen. Und da, im schmutzigen Rinnstein, lag der Barsch nun unbeweglich, zuckte schwach mit der Schwanzflosse und schnappte nach Luft. Er war am Verenden. Es war ein feister, nach Luft schnappender Barsch, der am Verenden war. Nicht berühren, schrie Tiago. Er schrie es Joana zu, die sich niedergekniet und ihn albernerweise auf den Arm genommen hatte, als würde sie ein Kind wiegen. Nicht berühren, wiederholte Tiago, es ist ein dreckiger Fisch! Aber Joana schien diesen Schrei des Ekels und der Warnung nicht zu hören. Man kann das arme Tier nicht so sterben lassen, sagte sie verstört; und Tiago begann von neuem: Ich bin kein Kommunist, ich bin Demokrat, und ich möchte auf der Stelle wissen, wer Sie sind; und die Stimme im Inneren des Autos kreischte: Hört, hört, und dann schrie sie: Du schwule Demokratensau, hältst du mich für einen Dieb?

Ganz bestimmt hatte Tiago erwidert, daß er Demokrat sei und daß er wissen wolle, wer der Mann war. Das muß er in jener Nacht gesagt haben, und er hat sicher nicht von irgendeinem Barsch gesprochen, denn in diesem Augenblick gab es gar keinen Barsch, außer in den Gedanken dessen, der sich vorstellte, wie die Dinge in dieser Nacht wohl vor sich gegangen sein müssen. In Wirklichkeit war es einfach finster in dieser Nacht, gegenüber dem Jardim do Príncipe Real, und sie vier standen zu Tode erschrocken und unbeweglich vor einer Pistole, die vom Fenster eines Autos aus auf sie zielte. Auch die Neonreklame der »Guitarra dourada« war inzwischen ausgegangen, der Kellner mit der weißen Schürze trat aus der Tür und blickte sich um, und ganz bestimmt sah er ein geparktes Auto mit ausgemachten Scheinwerfern und vier Personen mit erhobenen Armen, deshalb beeilte er sich, den Rolladen des Restaurants herunterzulassen, und blieb im Inneren, bei ausgemachtem Licht.

Aber inzwischen war ein Fisch da, bei ihnen. Auch wenn er vielleicht in jener Nacht nicht da war, so ist er doch jetzt, in dieser von der Erinnerung heraufbeschworenen Nacht, gegenwärtig, und Joana hält ihn im Arm und scheint ihn zu wiegen und blickt sich verstört um, und Tiago sagt zu ihr: Was machst du da, leg ihn weg, laß ihn liegen, siehst du nicht, daß der Fisch verseucht ist?

Joana beugte sich zu dem Rinnstein hinunter und hob ihre Tasche auf, die die Hand aus dem Fenster hatte fallen lassen; eine Hand, die jetzt einen Brief hielt und sagte: Das ist ein kleines Geheimnis, nicht wahr, Prinzessin? Möglicherweise unterdrückte Joana ein Schluchzen oder ein Stöhnen, und sie wollte etwas sagen, brachte aber nichts heraus, deshalb sagte Tiago an ihrer Stelle: Das ist ein Brief ihres Verlobten, Sie haben kein Recht, ihn zu lesen. Ach, sagte die Stimme, wie interessant. Die Hand nahm den Brief schnell aus dem Kuvert, faltete ihn auseinander, und die Stimme las in dieser Finsternis, als besitze sie Katzenaugen: Geliebte Joana, die Papiere sind fast alle fertig, ich glaube, wir können in einem Monat heiraten, im Dezember. Die Stimme hörte auf zu lesen und lachte: Ach, wie romantisch. Sie haben kein Recht, den Brief zu lesen, sagte Tiago und trat an das Fenster heran. In diesem Augenblick schnellte die fette Hand, die den Brief und die Pistole hielt, mit unglaublicher Geschwindigkeit hoch, so, als würde sie fliegen, und der Lauf der Pistole traf Tiago quer auf den Mund, man hörte das Geräusch splitternder Zähne, Tiago krümmte sich, spuckte Zähne und Blut, die Tür des Autos ging auf und der Mann stieg aus, mit einem breitkrempigen, tief ins Gesicht gezogenen Hut, und sagte: Geheimpolizei, her mit den Papieren. Er wandte sich an Tiago, inzwischen hatte er die Pistole weggelegt, die Hände steckten in den Taschen, und den Blick hielt er gesenkt, als würde er die Schuhe seiner Gefangenen betrachten, aber er wandte sich an Tiago, denn er wiederholte: Deine Papiere, schwule Demokratensau; und Tiago, der ein Taschentuch in den Mund gesteckt hatte, um die Blutung zu stillen, murmelte etwas, das eine Antwort hätte sein sollen, jedoch wie ein Röcheln klang, und dann schüttelte er den Kopf, hielt sich das Kinn mit den Händen, gewiß wegen des Schmerzes, und vielleicht kam genau in diesem Augenblick Tadeus die Treppe herunter und trat aus dem Tor.

Der, der sich vorstellte, wie die Dinge in jener

Nacht wohl vor sich gegangen sein müssen, sah also Tadeus, der genau in diesem Augenblick aus dem Tor trat, während Tiago in sein Taschentuch spuckte und stöhnte, unfähig, eine Antwort zu geben, und jetzt schien er verloren zu sein. Aber merkwürdig: Dem, der all das dachte, gelang es nicht, sich Tadeus hinter den Vorhängen am Fenster vorzustellen, oben im zweiten Stockwerk, im Dunkel seines Zimmers versteckt. Nun, und warum war er nicht früher heruntergekommen, fragte er sich in seiner Vorstellung, warum hatte er zugelassen, daß es soweit kam? Wie auch immer, es hatte keinen Sinn, sich länger den Kopf darüber zu zerbrechen: Wichtig war, daß Tadeus jetzt da war, daß er heruntergekommen, anwesend war, daß er die Tür geöffnet und laut und deutlich gesagt hatte: Dieser Herr ist ein Bekannter von mir, ich kann für ihn bürgen.

Was danach geschah, hätte der, der sich diese Nacht vorstellte, kaum sagen können. In diesem Augenblick verfiel seine Vorstellungskraft in eine Art Lähmung oder Schlaf: Die Bewegungen und Ereignisse kamen zum Stillstand, und das bedeutete, daß auch die Personen in dieser Szene zum Stillstand kamen und in Starre verfielen. Und seine Augen, die bis jetzt anwesend gewesen waren und teilgenommen hatten, entfernten sich, als ob sein Körper von irgend etwas weggezerrt würde, von einem Windstoß, der heftiger war als der eiskalte Wind und der ihn gewaltsam auf einer Bank im Park des Príncipe Real ablud, neben den Papyrusstauden, die am Rand des Sees wuchsen: Und aus dieser Entfernung konnte man unmöglich erkennen, wer sich bewegte und wer sprach, wer die Entscheidungen traf, wer Tiago begleiten wollte, der seine Papiere aus dem Auto holen mußte, das er in der Rua Sampaio Pina geparkt hatte, direkt vor dem Haus Joanas, ungefähr zwanzig Häuserblocks entfernt, in Luftlinie nicht einmal ein Kilometer, wenn man es sich überlegte. Vielleicht sagte Tadeus, daß er Tiago begleiten wolle, und gewiß sagten es auch die anderen, alle anderen, gewiß, sicher war es so gewesen. Aber der Mann hatte schlau und hinterhältig geantwortet: Du, Dichter, bleibst zu Hause, bei deinen Büchlein und deinen Gedichten. Gewiß hatte er das geantwortet. Und zu Luisa hatte er wohl gesagt: Du verschwindest, Fräuleinchen, ab nach Hause. Und warum er nur Michel und Joana gemeinsam mit Tiago ins Auto steigen ließ, war ein Geheimnis; er hatte gewiß keinen Gedanken daran verschwendet, daß Michel Ausländer sein könnte, denn wenn er darüber nachgedacht hätte, wäre ihm wohl eingefallen, daß man im Ausland von diesem Vorfall besser nichts erfuhr, immerhin hätten die ausländischen Zeitungen den Fall publik machen können. Tadeus trat jedenfalls wieder ins Haustor und blieb dort bei eingeschaltetem Licht stehen, an den Torpfosten gelehnt; Luisa ging die Straße hinunter und entfernte sich mit raschen Schritten in Richtung

Fluß, während Tiago, Michel und Joana ins Auto stiegen und mit Vollgas davonfuhren; und der, der sich die Ereignisse dieser Nacht vorstellte, stellte sich auf seiner Parkbank vor, wie sie wegfuhren, und erst in diesem Augenblick stellte er fest, daß es sich um einen schwarzen Mercedes handelte, um ein altes Modell, ein repräsentativer, etwas altmodischer Wagen, wie er für gewöhnlich von einem Chauffeur gefahren wird, mit einer alten Dame auf dem Rücksitz.

Aber einen Augenblick später war er schon wieder bei ihnen. Jetzt saß auch er im Auto, zwischen Joana und Michel; Tiago saß auf dem Vordersitz und preßte sich das Taschentuch an den Mund, und der Mann fuhr mit Vollgas, er schnitt die Kurven, und in den engsten Kurven fuhr er über den Gehsteig. Vielleicht war er betrunken oder hatte Aufputschmittel geschluckt, weil er so wild fuhr; aber nein, es war bloß eine andere Art und Weise, seine Gewalttätigkeit und seine Verachtung für das Leben zu zeigen.

Da waren die Kirche São Mamede und dann die Häuser am Rato-Platz, über den sie gegen die Einbahnstraße fuhren, und dann die Torbögen des Amoreiras-Parks und ein Stück weiter das Ritz, mit zwei Portiers in grüner Livree, ein gespenstischer Anblick, aber auch das Ritz schien menschenleer zu sein, in den Salons brannte kein Licht. Und da war endlich die Rua Sampaio Pina. Aber der Mann bremste plötzlich, als ahne er, daß seine drei Gefangenen erleichtert aufatmeten, er fuhr an den Gehsteig heran und sagte: Erste Lektion in Politik, liebe dein Vaterland. Inzwischen hatte er die Pistole aufs neue aus der Tasche gezogen und spielte damit, indem er sie an seiner Hose rieb. Wißt ihr, was das heißt, Kinder, sagte er, ihr wißt es nicht, weil ihr gar nichts wißt. Ich weiß es genauso gut wie Sie und vielleicht besser, erwiderte Tadeus, ich kenne dieses Land nun seit fünfzig Jahren, ersparen Sie mir Ihre Lektionen. Seine Stimme war wütend, aber dennoch leise und beherrscht; er war es, der sprach, denn auch er war in diesem Auto; wie hatte der, der sich die Ereignisse dieser Nacht vorstellte, denken können, Tadeus hätte die drei Kinder allein mit diesem widerlichen Individuum wegfahren lassen? Nein, Tadeus hatte gewiß darauf bestanden, mitzufahren, vielleicht hatte er sich mit ausgebreiteten Armen vor das Auto gestellt, eine etwas theatralische Geste, die unter diesen Umständen wohl grotesk wirkte, und er hatte entschieden gesagt: Ich komme mit.

Und so mußte sich der, der sich die Ereignisse dieser Nacht vorstellte, die Szene noch einmal von Anfang an vorstellen, und er sah im Dunkel der Rua Pedro Quinto, während das Reklameschild des letzten Restaurants ausging, Tadeus vor dem schwarzen Mercedes, geblendet vom weißen, gespenstischen Licht der Scheinwerfer; und dann sah er, wie die vier, die drei jungen Leute und Tadeus, einstiegen; aber der, der sich vorstellte, er schaue zu, war inzwischen von einem Windstoß auf eine Bank im Jardim do Príncipe Real getragen worden, und aus dieser Entfernung konnte man unmöglich feststellen, wie sie im Wagen Platz nahmen.

Spielen Sie nicht den Helden, antwortete der Mann, meine Aufgabe besteht darin, Lektionen in Sachen Leben zu erteilen, und wenn Sie die Lektion schon kennen, dann wiederholen Sie sie, das schadet nie. Das sagte er, aber er wirkte ruhiger, weniger aufgeregt, jedenfalls siezte er jetzt Tadeus, und dann steckte er die Pistole in die Tasche und sagte zu Tiago, er solle seine Papiere holen, denn offensichtlich kannte er Tiagos Auto.

Tiago kam zurück und sagte: Da sind sie. Der Mann sah sie genau an, gab sie ihm zurück, und alles schien vorbei zu sein. Also, gute Nacht, Kinder, sagte Tadeus; er war sichtlich am Ende seiner Kräfte, er war erschöpft und hielt seine Anwesenheit nunmehr für überflüssig: Er ging zu Fuß weg, mit den Händen in den Taschen, beinahe mit einer gewissen Frechheit, zumindest dachte das der, der sich vorstellte, was sich in dieser Nacht ereignet haben mußte. Und als Tadeus schon weit weg war, an der Ecke zur Rua Rodrigo da Fonseca, genau vor dem jüdischen Metzger, zog der Mann aufs neue seine Pistole und sagte: Steigt wieder ein. Sie setzten sich, sie zwängten sich alle drei auf den Rücksitz, und der Mann, der draußen stehengeblieben war, sagte: Jetzt hört mir gut zu, denn die Lektion in Sachen Politik beginnt erst jetzt. Erste Regel der Lektion in Sachen Politik: Liebe dein Vaterland. Und wißt ihr, was man braucht, um sein Vaterland zu lieben? Ihr wißt es nicht, weil ihr drei verlauste Kommunisten oder Demokraten seid, was sowieso dasselbe ist. Gut, ich sage euch, was man braucht. Man braucht Haß. Haß, um seine Kultur und seine Rasse zu verteidigen. Und wißt ihr, woran man eine wahre Kultur und eine wahre Rasse erkennt? Man erkennt sie daran, daß sie eine andere Rasse zu beherrschen versteht. Ergo, sofern ihr mir dieses altmodische Wort gestattet, ergo muß man, um eine andere Rasse zu beherrschen, sie in erster Linie sexuell beherrschen, und das habe ich, ein Portugiese durch und durch, höchstpersönlich getan, als ich in den Jahren des Herrn neunzehnhundertvierundsechzig bis neunzehnhundertachtundsechzig in Luanda und in Lourenço Marques diente. Und zwar damit, meine lieben kleinen Dummerchen, mit diesem Schwanz. Und bei diesen Worten öffnete er seine Hose und zeigte sein Geschlecht, er rieb daran und urinierte in das Dunkel der Nacht. Dann machte er die Hose wieder zu und sagte: Mit diesem Schwanz habe ich unsere Rasse verteidigt, indem ich die kleinen Töchter der Hurensöhne von der MPLA vergewaltigte, von denen unsere heldenhaften Soldaten, die die Heimat verlassen hatten, um diese Zuludörfer gegen den Kommunismus zu verteidigen, in den Hinterhalt gelockt wurden. Und ich habe sie ordentlich vergewaltigt, wie es sich gehört, und ihr Alter war nicht festzustellen, aber ihr könnt mir aufs Wort glauben, sie waren noch keine dreizehn, denn mit dreizehn sind die Negerinnen bereits fertige Frauen, da kenne ich mich aus. Und nachdem ich sie ordentlich hergenommen hatte, vollendete ich mit meiner Freundin, meiner Pistole, die ich Maria de Lourdes nenne, weil sie mich immer beschützt hat, vollendete ich mit meiner Freundin, meiner Pistole, das Werk, ich habe den Hintern der kleinen Huren ausprobiert, das heißt, ich habe ihnen den Lauf in ihren Arsch geschoben, das hättet ihr sehen sollen, wie sie sich gewunden haben, und ich, pum pum, zwei Schüsse, nur zwei, gerade genug, um ihnen ein paar Löcher in die Gedärme zu brennen, da hättet ihr sehen sollen, wie gesprächig ihre Väter nach dieser Intensivbehandlung plötzlich waren, ihre eigenen Brüder haben sie verraten, alles haben sie gesagt, nachdem man ihnen ihre kleinen Töchter mit zwei Kugeln im Bäuchlein zurückgebracht hatte, denn Töchter hatten die Aktivisten viele, ja, ja, mehr als genug, die Neger machen einen Haufen Kinder, aber wir haben zum Glück einen Haufen Kugeln.

In diesem Augenblick stieg Joana schwankend aus dem Auto, lehnte sich an einen Baum und blieb dort nach vorne gebeugt stehen, als ob sie erbrechen müßte, und sie hörten sie stöhnen und dann lachen, als würde sie von einem hysterischen Anfall oder von einem merkwürdigen Unwohlsein übermannt, und innerhalb eines Augenblicks, während die beiden anderen zu ihr liefen, um sie zu stützen, war der schwarze Mercedes schon weit weg, lautlos, sie sahen die Bremslichter, die an der Kreuzung zum Parque Eduardo VII aufblinkten, und Michel und Tiago sagten: Joana, wir bringen dich nach Hause. Aber sie sagte, nein, sie wolle sich in der kühlen Nachtluft erholen und außerdem wolle sie zu Hause niemanden treffen, nein danke, sie sollten sie bis zum Tor begleiten und dann ruhig gehen, sie wolle etwas allein sein. So gingen die beiden anderen weg, nebeneinander und mit gesenktem Kopf, als ob sie schuld hätten, doch schuld woran, und als sie sich umdrehten, um ihr zu winken, sahen sie, daß sie lächelte, ein Lächeln, das fehl am Platz und beunruhigend war.

Eigentlich müßte diese Geschichte hier zu Ende sein, als alle in der Nacht verschwunden waren, jeder für sich; verschwunden die Personen, die das Schicksal für diese Nacht zusammengeführt hatte, verschwunden das Auto und sein niederträchtiger Chauffeur, und verschwunden auch die Nacht, die ihren niederträchtigen Höhepunkt überschritten hatte und dem anbrechenden Tag wich. Aber der, der sich vorstellte, wie sich in dieser Nacht die Dinge hätten ereignen müssen, spürte in diesem Augenblick eine undefinierbare Qual, einen Schmerz, als ob es für diese Geschichte ein Ende geben müsse, als ob sie sich auflösen oder als ob sie eine Falte finden müsse, in der sie sich verstecken konnte mitsamt dem Unheil, das sie in der Seele von jemandem angerichtet hatte. Und aus einer Laune heraus, aus einer reinen Laune heraus folgte die Einbildungskraft dessen, der an diese Nacht dachte, Joana, wie sie die Allee hinunterging, denn Joana war nicht nach Haus gegangen, sie ging zur Rua Braancamp hinab, und er folgte ihr, während sie die Rua Alexandre Herculano überquerte, Joana ging langsam, als ob sie es nicht eilig habe und als ob ohnehin alles vorbestimmt sei; er sah, wie sie das letzte, von Jacarandabäumen gesäumte Stück der Rua Rodrigo da Fonseca hinunterging, wie sie in die Rua de São Mamede einbog, dann in die Rua da Escola Politécnica und dann in die Rua Dom Pedro Quinto, tack tack, ihre Absätze hallten auf dem Pflaster, kein Mensch war unterwegs in dieser kalten Nacht des Jahres neunzehnhundertneunundsechzig, Joana gelangte zum Tor von Tadeus' Haus, und am Tor, an den Pfosten gelehnt, stand er, Tadeus, der nichts zu ihr sagte, ihr aber zulächelte, als wollte er sagen: Ich habe auf dich gewartet, ich wußte, daß du kommen würdest, daß du der Versuchung nicht würdest widerstehen können. Und da nickte sie, als würde sie zugeben, daß sie gekommen war, weil sie *mußte*, und daß man sich den Dingen, die man tun muß, nicht widersetzen kann; sie bückte sich über den Rinnstein neben dem Gehsteig und nahm den nach Luft schnappenden Barsch in die

Arme und sagte zu Tadeus: Man kann das arme Tier doch nicht hier sterben lassen, wir müssen es hineintragen, ihm Wasser geben, und er trat schweigend zur Seite, um sie vorbeigehen zu lassen. Und während Tadeus das Tor schloß, stellte sich der, der sich diese Nacht vorstellte, groteskerweise vor, daß sie auf dem Rücken des sterbenden Barschs die Treppe hinaufritten; und daß merkwürdigerweise der Barsch, der sich mit müden Schlägen der Schwanzflosse vorwärts bewegte, die Spirale der Treppe einmal, zweimal, dreimal zurücklegte, bis er in einen Wirbel eintauchte, der aus dem Haus austrat, die Wände und die Zeit durchdrang; eigensinnig, ölig, sterbend, jedoch unermüdlich: weiter, Jahr um Jahr, während das Leben weiterging, Jahr um Jahr, bis er, der Barsch, eines Tages zu ihm gelangte; zu ihm, der sich diese Nacht vorstellte, die viele Jahre zurücklag. Bis zu ihm und bis wohin?

Hoppe hoppe Reiter

Das war der Augenblick, darüber nachzudenken, es war genau der richtige Augenblick, darüber nachzudenken, außerdem hatte sie gar nichts anderes zu tun, als darüber nachzudenken. Der Wartesaal war menschenleer. Es war ein schmuckloser Raum mit Bänken und einem alten Tisch. Aber wenigstens warm war es. Sie ging hinein und stellte ihren kleinen Koffer auf den Tisch. Also über ihre Geschichte nachdenken. Was hätte sie geschrieben, wenn sie ihre Geschichte hätte niederschreiben sollen? Sie lächelte sich im Spiegel zu, der neben einer Streckenkarte der Bahn hing. Du bist nicht alt, sagte sie zu sich, du bist noch nicht alt. Sie hob einen Finger und ermahnte sich in Gedanken. Aber jung bist du auch nicht mehr, du bist kein junges Mädchen mehr. Sie lächelte sich noch einmal zu. Sie dachte: Du bist eine Frau mit einer Geschichte. Aber wie sah diese Geschichte aus? Was hätte sie geschrieben, wenn sie ihre Geschichte hätte niederschreiben sollen? Womit anfangen, das war das Problem. Wo beginnt eine Geschichte? Sie dachte, Geschichten beginnen nicht, Geschichten ereignen sich und haben keinen Anfang. Oder zumindest ist dieser Anfang unsichtbar, ungreifbar, weil er bereits zu einem anderen Anfang, einer anderen Geschichte gehört, und der Anfang ist nur die Fortsetzung eines anderen Anfangs. Aber irgendwo muß man beginnen, und sie sagte sich, daß sie bei Edoardo beginnen würde. Ja, mit Edoardo hatte etwas begonnen, es war aber auch etwas zu Ende gegangen. Mit ihm war die Jugend, die Naivität, eine schrecklich kindliche Art, mit der sie bis dahin dem Leben begegnet war, zu Ende gegangen. Edoardo, le beau ténébreux. Gutaussehend, intelligent, dominierend, selbstsicher: Mit dem Hochmut dessen, der die Menschen auf den ersten Blick durchschaut, im Bewußtsein der eigenen Intelligenz, hatte er sie zu seiner Schülerin erkoren. Sie waren jung damals, und ihr erschien es ganz normal, die Schülerin von jemandem zu sein; deshalb hatte sie zugesagt, seine »kleine Sklavin« zu sein, für das Buch zu recherchieren, das alle von ihm erwarteten. Und wenn sie daran zurückdachte, war es beinahe schön gewesen. Sie lebten damals in einer kleinen Stadt, durch die sich ein Fluß schlängelte, einer sanften, ruhigen Stadt, und sie liebte es, morgens mit dem Rad entlang der Alleen am Fluß zu fahren, um dann in die engen, feuchten Gäßchen des mittelalterlichen Zentrums einzubiegen. An der Universitätsbibliothek angelangt, betrat sie den Innenhof. Die Bibliothek befand sich in einem großen Raum mit hohen Spitzbogenfenstern, und mit dem Bibliothekar war sie sehr gut bekannt, sie nannte ihn vertraulich Herrn Jacopino, er war ein umständlicher alter Mann, der eine schwarze Hausjacke trug, Hier sind die Bücher, die Sie gestern bestellt haben, Fräulein, sagte Herr Jacopino, und sie machte sich an die Arbeit. Sie wußte ganz genau, was Edoardo brauchte: Sie exzerpierte, und die Zeit verging wie im Flug. Schon senkte sich die Dämmerung auf die Stadt, und die Lichter gingen an. Sie erhob sich von ihrem Tischchen und trat ans Fenster. Verträumt betrachtete sie die Bäume am Flußufer und die Dächer des historischen Stadtzentrums. Vielleicht war sie glücklich. Am Abend kehrte sie voller Begeisterung nach Hause zurück. Edoardo wartete im Wohnzimmer auf sie, er sah zufrieden aus, Heute habe ich den ganzen Tag geschrieben, sagte er, du bist ein wunderbares Mädchen, du weißt ganz genau, was ich brauche, mit dem Buch geht es hervorragend voran, mir fehlen nur noch drei Kapitel, dann ist es fertig. Und sie spürte einen Stich im Herzen. Was sollte sie danach tun? Ihr ganzes einfaches Leben bestand darin, für Edoardo bibliographische Quellen zu suchen, die Tage in der Bibliothek zu verbringen, mit Herrn Jacopino zu plaudern, darin bestand ihr Leben, das einer unbedeutenden und glücklichen Schülerin, während Edoardo sie mit spöttischen, wenn auch zärtlichen Augen ansah, er verbrachte seine Tage in den Cafés am Flußufer, dort schrieb er sein Buch, und am Abend war er freundlich und zu Streichen aufgelegt, denn mit Scherzen und Streichen kannte er sich aus, auch ihr spielte er hin und wieder einen harmlosen Streich, legte ihr zum Beispiel ein Kärtchen auf den Tisch, auf dem »Ich komme nicht wieder« stand, oder er versteckte sich in der Speisekammer, um dann mit furchterregendem Geheul herauszustürzen und zu fragen, War das nicht ein lustiger Streich? Und sie lachte dann nur, um ihm einen Gefallen zu tun. Edoardo bestand darauf, daß er derjenige war, der sich mit Scherzen auskannte, immerhin schrieb er ein Buch über den Scherz in der Barockliteratur: Anagramme, Kryptogramme, Polysemien, Mnemoniken, Paranomasien; das war sein Forschungsbereich. Das Spiel, vielmehr das Spielerische, entsprach seinem Wesen, und mit diesem Buch würde er den Posten an der Universität bekommen, er brauchte nur noch etwas zu warten, bis dahin unterstützte sie Edoardos Vater mit einer monatlichen Überweisung, auch Edoardos Vater war ein spielerischer Mensch, auch er hatte seine Freude an Streichen, wenn er zu Besuch kam und zum Mittagessen blieb, ließ er sich immer einen kleinen Streich einfallen, und sie tat, als hätte sie Spaß daran, er setzte sich zum Beispiel auf die Serviette und sagte, der Tisch sei nicht ordentlich gedeckt, und sie spielte mit und bat verlegen um Entschuldigung, hielt sich die Hand vor den Mund, als ob sie errötete, und da zog er dann triumphierend die Serviette hervor, und sie rief: »Ach, Papa!«

Was ein wirklicher Streich war, das wußte Edoardo allerdings nicht. Sie war es, die ihm dann eines Tages einen richtigen spielte. Wenn sie daran zurückdachte, konnte sie sich gar nicht mehr vorstellen, wie es hatte passieren können. Sagen wir, es war ein Impuls, dem sie nicht widerstehen konnte. Es war ein schöner Frühlingstag, sie fuhr mit dem Rad durch die Alleen am Fluß, die Natur erwachte, die Cafés waren voller Leute. Plötzlich verspürte sie den Wunsch, Edoardo zu sehen, mit ihm spazierenzugehen, den Vormittag mit ihm in einem schönen Café im Freien zu verbringen und sich über belanglose Dinge zu unterhalten. Zuerst wollte sie ihn anrufen, doch dann kam ihr das kindisch vor. Also radelte sie schnell nach Hause, sie trat fest in die Pedale, mit roten Wangen und glücklich wie ein Kind. Sie lief die Treppe hinauf. Edoardo, Edoardo, rief sie. Die Wohnung war leer. Sie ging ratlos durch die Zimmer und wußte nicht, was das zu bedeuten hatte. Dann fand sie das Kärtchen auf dem Schreibtisch. »Das Buch ist fertig. Bin erschöpft. Ich fahre zu meinem Vater. Komme morgen zurück.« Mit knappen, unpersönlichen Worten teilte Edoardo ihr also mit, daß er das Buch zu Ende gebracht hatte. Zu Ende. Und mit dem Buch, dachte sie, waren auch ihre Tage in der Bibliothek zu Ende, ihre Recherchen, ihre Plauderstündchen mit Herrn Jacopino, das Leben, das sie fast zwei Jahre lang geführt hatte. Sie empfand eine große Trauer wegen alldem, was jetzt schon Vergangenheit war, und auch eine ungeheure Leere. Und jetzt, was sollte sie jetzt tun? Was sollte sie mit ihrem Leben, mit ihrer Zeit anfangen, was für einen Sinn hatten ihre Tage? Es war ein Impuls. Sie nahm das Manuskript und blätterte darin. Edoardo schrieb gut, er verstand es, die notwendigen Verbindungen herzustellen, er war gebildet und besaß einen systematischen und präzisen Verstand. Aber dieses Buch hatte nicht Edoardo geschrieben, es gehörte ihr, es war aus unendlich vielen Momenten entstanden, aus Recherchen, Exzerpten, aus Tagen, die sie in der Bibliothek verbracht hatte, aus Fahrradfahrten. Dieses Buch enthielt ihre Jugend, das spürte sie. Sie steckte das Manuskript in die Tasche. Das war der Impuls. Auf dem Schreibtisch ließ sie nur die erste Seite liegen, mit dem Titel und Edoardos Namen, und eilig fügte sie mit Rotstift hinzu: »Für Edoardo, im Scherz.« Dann traf sie in aller Ruhe ihre Vorkehrungen. Sie zog sich um, packte den Koffer, studierte den Fahrplan der Züge, entschied sich für eine ferne Stadt im Norden, denn inzwischen brauchte sie eine große Stadt, die Zeit der kleinen Städte, der Spaziergänge am Flußufer, der Freuden der Provinz war vorbei: Das alles gehörte zu ihrer Jugend, und die war nun vorbei.

Sie fühlte sich wohl in der großen Stadt im Norden. Und die Veröffentlichung des Buches war von Nutzen, sie fand schnell eine Wohnung, und eine große Wochenzeitschrift übertrug ihr die Betreuung einer Bücherkolumne. Sie hielt es für richtig, sich vor allem mit jenen Büchern zu beschäftigen, die zu ihrem Spezialgebiet gehörten, für das sie inzwischen allgemein bekannt war, und ihr Spezialgebiet waren Scherze. Alle Arten von Scherzen: Wortspiele, Phantastisches, Grotesken, expressionistische Romane, Sprachschöpfungen, kurz und gut, Neobarock. Und wie es der Zufall wollte, waren jene Jahre reich an solchen literarischen Experimenten. Vielleicht war es eine Mode, vielleicht hatten die Schriftsteller tatsächlich ihren Hang zur avantgardistischen Spielerei entdeckt, jedenfalls blühten die formalen Erfindungen, die literarischen Versuche, all das, was sich als »experimentelle Literatur« bezeichnete. Es begann eine Zeit der Abenteuer. Denn das, worauf es ankam, war das Abenteuer, die Bücher waren im Grunde unwichtig. Wichtig war es, jenen euphorischen, beinahe fiebernden Augenblick zu suchen, in dem alles explodierte, die Welt, die Gesellschaft, die Konventionen, und diesen Augenblick zu erleben. Und genauso explodierten die Worte, auch die Worte waren frenetisch und fiebernd. Damals wurde Céline entdeckt. Und diese Entdeckung verstörte sie. Céline landete zufällig in ihrer Kolumne, in Form einer schlichten Rezension, und von da an war nichts mehr wie vorher. Mit ihm begriff sie, daß die Bücher doch wichtig waren: Céline war eine Mine, die unter den Füßen der braven Bürger explodierte, ein enormer Knall, eine leidenschaftliche Explosion, die alles in Frage stellte: die Ordnung, die Gesellschaft, die Gefühle. Nach der Lektüre von Céline wußte sie, daß nichts mehr so sein konnte wie in der Vergangenheit.

Ach, die Vergangenheit, dachte sie, ich habe die Vergangenheit und die Vorzeichen satt, das alles gehört meiner Vorgeschichte an, es ist nicht der Anfang meiner Geschichte, und wenn ich sie niederschreiben müßte, würde ich niemals damit beginnen.

Sie hatte das Bedürfnis, etwas zu trinken, plötzlich brauchte sie dringend etwas. Etwas Starkes, das ihr Auftrieb gab, das sie wärmte. Sie verließ den Wartesaal in der Hoffnung, daß es eine Bar gäbe, bisher hatte sie nicht darauf geachtet. Der kleine Bahnhof war menschenleer. Ganz hinten, neben dem Eingang, sah sie eine Tür, über der das Schild eines Tabakladens in rosarotem Neonlicht hing, und sie ging darauf zu, in der Hoffnung, daß es dort nicht nur Zigaretten, sondern auch alkoholische Getränke gäbe.

Der Laden sah nicht so sehr aus wie eine Bar, sondern eher wie ein Ausschank, aber zur Not genügte es. Der Kellner, ein Junge mit einem von Akne verwüsteten Gesicht, vertrieb sich die Zeit am Flipperautomaten. Das Lokal war leer, nur ein älterer Herr mit einer Tasche saß an einem Tisch. Sie hätte gern einen Gin Tonic getrunken, aber der Junge sagte, er habe kein Tonic, nur Mineralwasser. Also ließ sie sich einen großen Whisky geben und trank ihn wie Medizin, sie wartete dabei auf die Wirkung, die ausblieb, denn ihr war nach wie vor eiskalt. Doch sie stellte fest, daß diese Kälte von innen kam, und das beunruhigte sie, flößte ihr eine eigenartige Angst ein. Aus den Augenwinkeln beobachtete sie den älteren Herrn, der zum Zeichen seines Respekts den Hut lüftete. »Sieht aus, als ob es Probleme gäbe«, sagte der ältere Herr mit halb geheimnisvollem, halb resigniertem Ausdruck. Sie sah ihn fragend an.

»Der Bahnhofsvorsteher hat es mir gesagt«, erklärte der ältere Herr. »Der Zug ist aufgehalten worden, es scheint einen Unfall oder etwas Ähnliches gegeben zu haben.« Und er lächelte wehmütig.

Sie bezahlte und ging hinaus. Der Abend senkte sich herab und mit dem Abend der Nebel. Die Lampen waren von einem bläulichen Hof umgeben. O Gott, warum hatte sie bloß den Zug genommen? Eine dreistündige Reise, zweimal umsteigen und jetzt noch diese letzte Etappe auf einer Nebenlinie. Hätte sie es erlaubt, wäre sie mit dem Auto abgeholt worden; es wäre eine ruhige und bequeme Reise gewesen, aber sie hatte abgelehnt und gesagt, sie fahre lieber mit dem Zug. Wie dumm. Nur weil sie gefürchtet hatte, ihre Begleiter könnten sie auf der Fahrt nach ihren Überzeugungen fragen oder *Giovinezza* oder andere erinnerungsträchtige Lieder singen. Sie schalt sich, naiv zu sein. Die Vorstellung, die sie sich von ihnen machte, entsprach einem Klischee, das überhaupt nicht zutraf, es waren tatkräftige, ernsthafte, gutgekleidete junge Leute, die nichts mit dem faschistischen Gesindel zu tun hatten, es waren intelligente und wache junge Rechte, die die Kultur der Rechten neu entdecken wollten. Sie trat an die Gleise und zündete sich eine Zigarette an. Sie versuchte, sich eine andere Situation vorzustellen, und ein kalter Schauer lief ihr über den Rücken; sie sah ein mit einer italienischen Fahne und ein paar Wimpeln geschmücktes Parteilokal, ein Publikum, das aus reizbaren alten Männern und alten Frauen mit gepuderten Gesichtern bestand, dazwischen ein paar fanatische Jugendliche: Solche Orte kannte sie bereits. Sie schloß die Augen, und mit einiger Anstrengung gelang es ihr, das Bild wieder zum Verschwinden zu bringen. So würde es nicht sein, dessen war sie sich sicher. Es war ein Jugendclub, kein Schlupfwinkel Ewiggestriger, es waren neugierige und leidenschaftlich engagierte Jugendliche. Die Vorstellung beruhigte sie. Diese Vorstellung, sagte sie sich, paßt gut zu meiner Geschichte. Merkwürdig, der Gedanke kehrte immer wieder, als ob er sie verhören, sie bedrängen würde. Ihre Geschichte. Nein, ihre Geschichte hatte nicht mit Edoardo begonnen, sie war mit ihm nur zu Ende gegangen. Wo hätte sie jedoch begonnen, wenn sie sich diese Geschichte hätte erzählen müssen? Sie begann an den Gleisen entlangzugehen. Es ist ein schöner Winterabend, sagte sie sich, ein wenig neblig, der Zug hat Verspätung, man erwartet dich in einem kleinen Städtchen, wo du einen Vortrag halten sollst, du bist allein, du hast Zeit, niemand sucht dich, das ist genau der richtige Augenblick, dir deine Geschichte zu erzählen. Sie zündete sich noch eine Zigarette an, behielt sie im Mund und steckte die Hände in die Manteltaschen. Allerdings hatte sie gar keine Lust, sich diese Geschichte zu erzählen. Sie spürte aufs neue die unangenehme Empfindung von Kälte: etwas Eiskaltes in ihrem Magen, das in Arme und Beine ausstrahlte. Du bist dumm, sagte sie sich, du bist wirklich ganz schön dumm, weißt du denn nicht mehr, daß du als Kind Schauspielerin werden wolltest? Merkwürdig, wie schnell man die Jugendträume vergißt. Aber jetzt erinnerte sie sich daran, und im Grunde war ihr Schicksal in Erfüllung gegangen, sie war eine große Schauspielerin gewesen, ihr ganzes Leben lang hatte sie eine einzige Komödie gespielt. Oder eine einzige Tragödie, vielleicht sollte sie es lieber als Tragödie bezeichnen. Aber nein, eine gewaltige Farce. Sie lächelte in die Dunkelheit hinein und sagte: Eine gewaltige Farce. Eines dieser altmodischen Theaterstücke, in denen es nur Gute und Böse gab, eine derbe, wenn auch brillant gespielte Komödie, eine schöne Komödie mit dem Titel *Der Streich*. Ja, so hätte sie sie genannt, das wäre genau der richtige Titel gewesen, wenn sie ihre Geschichte hätte niederschreiben müssen: *Der Streich*. Auch wenn der Streich, den sie Edoardo gespielt hatte, wahrscheinlich ihr erster gewesen war, begann ihre Geschichte nicht damit, mehr als ein Streich war dies ein Akt der Bewußtwerdung gewesen. Nein, die wahren Streiche waren danach gekommen. Und das waren schwerwiegende Streiche, solche, die wirklich zählten. Ihre Kolumne in der Wochenzeitschrift zum Beispiel, das war ein echter Streich. Die ganzen Schwarten, die sie als Meisterwerke ausgegeben hatte, das sinnlose Gestammel, das Gefasel, das sie abgesegnet, zu dessen Verbreitung sie beigetragen, das sie hochgejubelt hatte. Und dann war Beniamino gekommen. Der arme Beniamino! So kindlich, so unbedarft, so sehr davon überzeugt, ein Schriftsteller zu sein, so verliebt in die Worte, mit einem so unerschöpflichen Vertrauen in die Literatur. Denn Beniamino hatte sie wirklich geliebt, mit ihm war es nicht wie mit Edoardo und den anderen gewesen, ihm gegenüber hatte sie ein starkes, reifes Gefühl der Verantwortung empfunden. Ihn hatte sie geliebt, und seinetwegen hatte sie gelitten, als sie ihm diesen Streich gespielt hatte. Vielleicht auch wegen seines Sprachfehlers, es mochte komisch wirken, aber so war es nun einmal, gerade weil er stotterte, weil er über die Worte stolperte. Ein expressionistischer Schriftsteller, der über die Worte stolperte, es schien paradox, aber Beniamino war nun mal so, vor allem wenn er sich aufregte, dann blieb er bei der ersten Silbe stecken, sein Hals zuckte nervös, der Adamsapfel hüpfte auf und ab, und es gab kein Mittel, das wieder abzustellen. Sie sah ihn vor sich, an jenem Abend, an dem sie ihm mitteilte, daß sie das Angebot angenommen hatte. Beniamino wollte dazu sofort etwas sagen, aber seine Stimme kippte, er riß die Augen auf, er sah aus wie ein staunendes Kind. Hör mir zu, Beniamino, sagte sie geduldig zu ihm, mit der Avantgarde ist es vorbei, mit jeder Art von Avantgarde ist es vorbei, du wolltest mit deinen Büchern die Revolution machen, aber mit Büchern macht man keine Revolution, schau, es ist alles vorbei, mit der Bewegung ist es vorbei, mit den Studenten ist es vorbei, schau dich um, da sind nur noch ein paar Desperados, wir bewegen uns in die falsche Richtung, ich ändere nur die Richtung, und außerdem war Céline nie einer der Unsrigen, er ist es nie gewesen, wir haben ihn rekrutiert, aber er war in Wirklichkeit ein Rechter, warum soll ich das nicht sagen, ich sage nur die Wahrheit, wie dem auch sei, ich habe zugesagt, das Vorwort zu schreiben, aber nicht wegen des Geldes, mag sein, daß es ein infames Buch ist, aber die infamsten Dinge hat er selbst geschrieben, wir, wir haben sie immer verdrängt, verzeih mir, ich bin nun mal so, versuch mich zu verstehen.

Sie nahm noch eine Zigarette aus dem Päckchen. Du rauchst zuviel, sagte sie sich. Aber sie wollte rauchen, sie hatte das Gefühl, daß das Rauchen den Eisblock in ihrem Magen zum Schmelzen brachte. Sie sagte sich, daß das ein schlimmer Streich gewesen war, aber sie hatte ihn nicht nur Beniamino gespielt. Nein, auch sich selbst. Und im Grunde auch Céline, denn sie war weiter gegangen als Céline, sie hatte ihm ein Etikett aufgeklebt, hatte ihn bei seinen Schwächen und bei seinen Ressentiments ertappt, sie hatte ihn reduziert, domestiziert, einer Idee angepaßt. Denk nicht mehr daran, sagte sie sich, hör jetzt auf mit deiner Geschichte, du langweilst mich. Sie hatte ihren Koffer im Wartesaal stehengelassen. Mit schleppenden Schritten ging sie dorthin zurück, als ob dieser Wartesaal eine Art Schicksal wäre und nichts mehr zählte. Ja, und was war es denn, was zählte? Das fragte sie sich, sie gab dem leeren Zigarettenpäckchen einen Fußtritt und fragte sich: Was zählt eigentlich? Ein kindliches, spöttisches Stimmchen, das aus der Kälte in ihrem Magen kam, sagte: Kinder zählen. Und einen Augenblick lang sah sie sich selbst als kleines Mädchen, als Kind mit dunklen Zöpfen, an einem Sommertag im Garten, unter einer Pergola, jemand wiegte sie in den Armen, streichelte ihr die Haare, aber es gelang ihr nicht, das Bild ganz scharf zu stellen. Ich hätte immer gern ein Kind gehabt, sagte sie sich, warum habe ich nie eines haben wollen?

An der Tür zum Wartesaal unterhielt sich der ältere Herr, den sie in der Bar getroffen hatte, mit dem Bahnhofsvorsteher. »Wir haben ein großes Problem, gnädige Frau«, sagte der Bahnhofsvorsteher mit bedauernder Miene, »ich weiß wirklich nicht, was ich Ihnen sagen soll«, und ging weg. Sie sah den älteren Herrn fragend an, und er breitete resigniert die Arme aus. »Es gibt irgendeinen Schaden an der Strecke«, sagte er, »anscheinend sind sie dabei, ihn zu beheben, aber es ist eine Nebenlinie, sie werden mindestens zwei Stunden brauchen.« Er sah sie an und lächelte verschwörerisch. »Ich habe Sie erkannt«, flüsterte er, »ich habe Ihr Foto auf dem Plakat in der Stadt gesehen, Sie sind die, die den Vortrag hält.« Dann wurde er ernst und sagte: »Der Titel gefällt mir nicht, er verspricht nichts Gutes.« Seine Stimme nahm einen beinahe geringschätzigen Tonfall an, oder zumindest kam es ihr so vor. »Unser Kamerad Céline«, fügte der ältere Herr hinzu und verzog ein wenig das Gesicht, »ich dachte, diese Dinge gehörten endgültig der Vergangenheit an.«

»Für den Titel bin ich nicht verantwortlich«, antwortete sie beinahe heftig. Sie ging auf ihren Koffer zu und hob ihn mit einem energischen Griff auf. »Hören Sie«, sagte sie dann, »nutzen wir die Zeit, wir müssen zwei Stunden warten, vielleicht könnten wir in ein Restaurant gehen und etwas essen.« Insgeheim spürte sie, daß sie eine flehentliche Bitte ausgesprochen hatte, aber dem älteren Herrn war es vielleicht nicht aufgefallen.

Ja, nun ging es ihr besser, sie fühlte sich ausgeglichener, gelassener, und sie spürte, daß die Gesellschaft des älteren, wohlerzogenen Herrn sie beruhigte. Es war schön und angenehm, in diesem altmodischen, gemütlichen Restaurant zu sitzen, in dem der Kellner geduldig auf ihre Bestellung wartete.

Du mußt verhindern, daß er wieder darauf zu sprechen kommt, sagte sie sich, und für kurze Zeit gelang es ihr auch, fast nur sie redete, sie redete vom Wetter, von Reisen, von Zügen, von einer Reise, die sie nie unternommen hatte und die sie bis ins kleinste Detail schilderte. Aber als sie kurz innehielt, fing er doch wieder damit an. Er stellte sich mit Vor- und Nachnamen vor und fügte hinzu: »Entschuldigen Sie, wenn ich vorhin unhöflich war, gnädige Frau.«

»Aber Sie waren doch gar nicht unhöflich«, antwortete sie in der Hoffnung, daß die Angelegenheit damit erledigt wäre.

»Doch«, beharrte er, »ich war unhöflich, aber um ehrlich zu sein, ich mag die Faschisten nicht.«

»Was das angeht, da brauchen Sie sich keine Sorgen zu machen«, unterbrach sie ihn, »ich mag sie auch nicht.« Sie beobachtete aufmerksam, was für einen Ausdruck ihre Bemerkung auf seinem

Gesicht hervorrief. Es war ein Ausdruck kindlichen Staunens, und dieser Ausdruck kindlichen Staunens wirkte merkwürdig auf dem Gesicht eines älteren Mannes, machte ihn verletzlich und wehrlos.

»Das verstehe ich nicht«, erwiderte er ernsthaft.

Auch sie hatte das Gefühl, daß sie ernsthaft sein sollte, und eigentlich war sie es ja auch, jetzt spürte sie es ganz deutlich; mit einer Ernsthaftigkeit, die der Umgebung und ihrem distinguierten Gegenüber entsprach, spürte sie, daß sie die Wahrheit gesagt hatte, denn dies war die Wahrheit, *ihre* tief verborgene Wahrheit, die sie wahrscheinlich nie jemandem würde erklären können. »Ich glaube nicht, daß Sie das verstehen«, sagte sie mit fester Stimme, »glauben Sie mir.«

Und nun wechselte er taktvoll das Thema. Er erzählte zuerst von der kleinen Stadt, zu der sie unterwegs war, und dann begann er unweigerlich, allerdings nach wie vor taktvoll und zurückhaltend, von sich selbst und seinem Leben zu sprechen. Wie gern sie ihm zuhörte! Sie verspürte aufs neue dieses wohlige, entspannte Gefühl. Es war schön, einem Mann zuzuhören, der zu ihr sprach; während sie dieser tröstlichen Stimme zuhörte, konnte sie an etwas anderes denken, einen Augenblick lang in die Ferne schweifen und ihm dann wieder zuhören und dann wieder abschweifen, denn das Leben, von dem er erzählte, war banal und vorhersehbar. Er war Witwer, das hatte sie sich gedacht, wer weiß, wieso. Und er war pensioniert, auch das hatte sie sich gedacht. Er war Lateinlehrer an einem Gymnasium in der kleinen Stadt in der Nähe gewesen, wo jetzt seine Tochter mit ihrem Mann und zwei Kindern lebte. Er hingegen wohnte inzwischen hier, in diesem Nest, fünfzig Kilometer von der kleinen Stadt entfernt, er hatte sich hierher zurückgezogen, weil er nicht bei seiner Tochter und dem Schwiegersohn wohnen wollte, er besaß ein kleines Haus, das seinen Eltern gehört und in dem er seine Jugend verbracht hatte, doch er konnte problemlos seine Tochter besuchen, die Bahnverbindung war gut, zumindest wenn keine Zwischenfälle wie heute passierten, auch heute abend war er zu seiner Tochter unterwegs, aber er hatte ihr schon mitgeteilt, daß der Zug Verspätung hatte, er hatte sie angerufen. Und dann erzählte er von seiner Frau, von einem glücklichen Leben, sie war vor vier Jahren gestorben, er fühlte sich sehr allein. Er sprach von der Einsamkeit, von einem grauen, trostlosen Leben in dieser dumpfen Provinz, von der Langeweile, der Melancholie. Seine einzige Gesellschaft waren die lateinischen Klassiker. Und außerdem hatte er eine Katze. Als wäre er sich plötzlich bewußt geworden, daß er laut nachgedacht hatte, sah er erschrocken auf die Uhr. »Wir müssen gehen«, sagte er, »sonst verpassen wir den Zug.«

In diesem Augenblick kam ihr die Idee. Sie hätte nicht sagen können, warum, vielleicht weil es hier warm und gemütlich war oder weil es draußen dunkel war oder weil er mit dieser ruhigen Stimme auf sie einsprach, die sie als so tröstlich empfand. »Zu diesem Restaurant gehört auch ein Hotel«, sagte sie, »bleiben wir doch hier.«

Aufs neue beobachtete sie aufmerksam, wie sich das Staunen auf seinem Gesicht ausbreitete, wieder war es diese kindliche, wehrlose Verwunderung, sie sah ihm in die Augen, und er wich ihrem Blick aus und sah sich im Saal um, als würde er sich vor etwas fürchten, als hätte sie jemand hören können, dann hüstelte er und stotterte: »Und warum gerade ich?«

»Weil wir beide allein sind«, antwortete sie, »auch deshalb.«

»Und Ihr Vortrag?«

»Das wird sich ergeben.«

»Aber Sie werden erwartet.«

»Sagen wir, ich spiele ihnen einen Streich.«

»Aber man kennt mich hier«, fuhr er fort, »ich meine, ich möchte nicht ...«

»Wir können ja zwei Zimmer nehmen«, unterbrach sie ihn, »dann kann niemand etwas sagen.«

Er lächelte wehmütig und berührte ihre Hand leicht mit der seinen. »Aber ich bin alt«, flüsterte er.

»Richtig alt?« fragte sie.

»Nein«, sagte er, »vielleicht nicht, ich weiß es nicht.«

Warum, fragte sie sich, warum? Nur weil es draußen dunkel war und sie Angst vor der Dunkelheit hatte oder weil sie diese eisige Kälte im Magen nicht wieder spüren wollte, die sie wie in einem Schraubstock gefangengehalten hatte? Er war ein alter Mann, ein trauriger und müder Mann, der sich vielleicht an ihrer Schulter ausweinen und ihr von seiner verstorbenen Frau erzählen würde. Oder gab es noch einen geheimnisvollen anderen Grund, einen Grund, der sich irgendwo in der Tiefe ihres Wesens verbarg, in einem Bereich, zu dem weder ihr Verstand noch ihr Wille Zugang hatte, den sie sorgsam verschlossen hielt und zu dem sie den Schlüssel verloren hatte? Sie betrachtete sich im Spiegel des Schrankes. Das Zimmer war einfach und ziemlich ungemütlich. Sie legte ihr Köfferchen auf einen Stuhl und zog sich langsam aus, das Kleid faltete sie dabei sorgfältig zusammen. Er klopfte an die Wand, das war das vereinbarte Zeichen, aber sie gab keine Antwort, weil sie spürte, daß sie noch etwas Zeit brauchte. Vielleicht würde ihr eine heiße Dusche guttun. Aber im Bad gab es keine Dusche. Sie öffnete die Wasserhähne der Badewanne und ließ sie vollaufen. Als sie voll war, hatte sie einen absurden Einfall, komisch, sie verspürte den Wunsch, sich mit einem Papierschiffchen in die Wanne zu setzen, seit einer Ewigkeit hatte sie kein Papierschiffchen mehr gebastelt, aber sie wußte noch, wie man es machte. Sie überlegte, welches Papier sie verwenden konnte. Sie blickte sich um, entdeckte jedoch nichts Brauchbares. Da fiel ihr das Buch von Céline ein. Sie öffnete den Koffer und nahm es an sich. Sie riß die letzte Seite des Vorworts heraus, die, auf der ihr Vor- und Nachname standen. So, in ein Papierschiffchen verwandelt, schien es ihr, als ob die Seite zu neuem Leben erwachte. Sie stieg ins Wasser und ließ das Schiffchen über ihre Brüste gleiten, dann trieb es ruhig auf dem Wasser. Sie trocknete sich sorgfältig ab und schlüpfte ins Bett. Jetzt hätte sie an die Wand klopfen können, sie wollte aber noch etwas Zeit verstreichen lassen. Sie hatte Lust, irgend etwas laut zu sagen, um sich sprechen zu hören. Sie hatte Lust, sich einen Kinderreim vorzusagen, und sie begann an die Kinderreime zu denken, die ihr irgend jemand vorgesungen hatte, als sie noch ein Kind war. Sie nahm ein Kissen in die Arme und wiegte es. »Hoppe hoppe Reiter, wenn er fällt, dann schreit er, fällt er in den Graben, fressen ihn die Raben . . .« Nein, das waren nicht die Worte, die sie sich vorsagen wollte, eigentlich wollte sie sich etwas anderes vorsagen, aber sie wußte nicht, was. Sie hörte, daß es an der Tür klopfte, und zog sich das Laken bis zum Kinn. Er kam herein, schüchtern, um Erlaubnis bittend, sperrte die Tür zu und lächelte. Man merkte ihm an, daß er verlegen war. Mitten im Zimmer blieb er stehen und sah sie befangen lächelnd an, ohne sich zu bewegen. Sie zog das Laken ein Stück hinunter und entblößte die Brust. Er wandte rasch den

Blick ab, durchquerte das Zimmer und blieb zwischen Schrank und Stuhl stehen, wo er sich auszuziehen begann. Er drehte ihr den Rücken zu, so daß sie ihn beobachten konnte, ohne von ihm gesehen zu werden. Sie spürte, daß sie ihn nicht beobachten wollte, aber irgend etwas hielt sie davon ab, den Blick abzuwenden. Es war ihr unangenehm, ihn zu betrachten, und gleichzeitig fühlte sie sich von dem Anblick angezogen. Er war ein kräftiger Mann mit einem großen, schlaffen Bauch. Sie bemerkte, daß er auf einer Gesäßbacke einen großen Leberfleck hatte, einen dunklen, behaarten Fleck; das ließ sie erschaudern, und sie spürte ein Kribbeln in den Händen, wie bei einem kleinen Stromschlag. Sie fragte sich, ob es Ekel war oder eine andere Empfindung, aber sie hatte keine Lust, länger darüber nachzudenken. Er schlüpfte ins Bett und machte das Licht aus. Es war sehr schwierig, und sie versuchte ihm zu helfen. »Ich habe dir ja gesagt, daß ich ein alter Mann bin«, sagte er. Er keuchte, und sein Atem ging schwer. Sie spürte, daß sie sich ablenken, daß sie weit weg flüchten mußte, daß sie nicht an den Alten denken durfte, der sich auf ihr abmühte, sie dachte an das Papierschiffchen in der Badewanne, und das tröstete sie.

Er war eingeschlafen wie ein Kind und blies ihr friedlich seinen Atem zwischen die Haare. Sie streckte eine Hand aus und machte das Licht auf dem Nachtkästchen an. Jetzt war ihr eingefallen, welchen Kinderreim sie sich vorsagen wollte, aber es war kein Reim, sondern ein Gebet. Sie schlüpfte aus dem Bett und kniete auf dem Teppich nieder. Sie faltete die Hände und stützte die Ellbogen auf das Bett. Es war ein Gebet, das aus einer weit zurückliegenden Zeit stammte, aus der Vergangenheit eines kleinen Mädchens mit großen Augen und dunklen Zöpfchen. »Schutzengel mein, der du mein Beschützer bist, bewache und bewahre mich . . .« Weiter kam sie nicht, sie erinnerte sich nicht mehr. Sie wendete den Kopf und betrachtete sich im Spiegel des Schrankes. Und da sah sie ihn. Es war ein kleiner Schutzengel, der hinter einer nackten knienden Frau stand und zum Zeichen, daß er sie beschützte, die Flügel weit ausgebreitet hatte. Und dieser Engel hatte das Gesicht eines kleinen Mädchens mit großen Augen und dunklen Zöpfchen. Aber es war das Gesicht eines alten Mädchens, und die Flügel waren nicht aus Federn, sondern aus einem dunklen, glatten Fell wie dem einer Maus. Es dauerte nur einen Augenblick. Sie versteckte den Kopf in den Händen und blickte wieder in den Spiegel: Der Engel war verschwunden.

Zuerst merkte sie gar nicht, daß sie weinte, sie spürte nur die Tränen, die ihr übers Gesicht liefen. Dann kam das Schluchzen, sie versuchte es mit der Hand zu ersticken, aber vergebens. Er wachte auf und sah sie an. Auf seinem Gesicht erschien wieder dieser gewohnte Ausdruck kindlicher Verwunderung. »Was hast du?« fragte er sie leise. »Was hast du?«

»Geh bitte in dein Zimmer«, antwortete sie und versuchte das Schluchzen zu unterdrücken, »geh in dein Zimmer.«

Kann der Flügelschlag eines Schmetterlings in New York einen Taifun in Peking verursachen?

*I*ch, der namentlich Unterzeichnete, möchte hiermit ein vollständiges Geständnis aller meiner Taten ablegen, die ich im Namen einer falsch verstandenen Gerechtigkeit begangen habe, welche mir von Personen, die meine Naivität mißbrauchten, suggeriert wurde; Taten, die ich heute aufrichtig bereue.«

Der dunkelblau gekleidete Herr wischte sich mit dem Taschentuch den Schweiß ab, betrachtete mit abwesendem Blick sein Gegenüber, als ob es gar nicht vorhanden sei, und fuhr fort: »Genau so muß Ihr Geständnis beginnen, wobei ich das Wort ›bereue‹ betone, ich weiß nicht, ob Sie verstanden haben, worum es geht, falls Sie nicht verstanden haben sollten, und ich stelle fest, daß Sie fürs erste nicht verstanden haben, lassen Sie sich sagen, daß alles, was Sie sagen werden, von Ihrer Reue abhängt, die ganze Geschichte hier hängt von Ihrer Reue ab. Eine Kleinigkeit habe ich vergessen, wir haben beschlossen, Ihnen einen Kodenamen zu geben, mit dem ich Sie von nun an ansprechen werde, beziehungsweise mit dem wir Sie ansprechen werden, sofern es nötig ist. Sie sind Herr Schmetterling, bei Gelegenheit erkläre ich Ihnen, warum.«

Der Mann mit den grauen Haaren, der ihm gegenübersaß, blickte sich um, als suche er einen Fluchtweg. Er schwitzte, und sein Gesicht war dunkelrot. »Ich würde gerne wissen, warum ausgerechnet ich«, sagte er. »Ich meine, warum ausgerechnet ich.«

Der dunkelblau gekleidete Herr machte mit der Hand, in der er ein Taschentuch hielt, eine kleine, ungeduldige Geste. »Ach, Herr Schmetterling«, sagte er, »das will ich nicht gehört haben.« Er tupfte sich den Schweiß von der Stirn und seufzte. »Sie sind unverschämt, frech und unverschämt, aber Sie müssen an zwei Fronten kämpfen: Die Rolle des Frechen und Unverschämten, jedoch von Reue Zerfressenen müssen Sie vor den Richtern spielen; bei uns hingegen sollten Sie demütig, wenn nicht gar unterwürfig sein. Da Sie aber offenbar noch nicht gelernt haben, an zwei Fronten zu kämpfen, ich meine, da Sie uns gegenüber frech und unverschämt sein wollen, werde ich Ihnen etwas ganz Einfaches sagen: Sie sitzen in der Scheiße, Herr Schmetterling. Und wir wissen sehr gut, daß Sie in der Scheiße sitzen. Und damit Sie sich keine Illusionen machen, werde ich Ihnen klipp und klar sagen, was wir wissen.«

Der Mann mit den grauen Haaren machte eine Geste mit der Hand, so als flehe er: Nein, bitte aufhören. Aber der dunkelblau gekleidete Herr tat, als habe er nichts bemerkt. »Vor allem die Schulden«, sagte er. »Wir wissen von allen Ihren Schulden, und wenn ich ›Ihren‹ sage, meine ich Ihre und die Ihrer Schwester. Aber die Schulden wären nebensächlich, wenn da nicht noch die Erpressungen beziehungsweise die Erpressungsversuche wären. Aber die Erpressungen wären nebensächlich, wenn da nicht noch die Geschäfte wären, und Sie wissen sehr gut, was ich mit Geschäften meine, nun, sagen wir, diese Art von Geschäften ist nicht gerade im Sinne des Gesetzes, mit Ihren Geschäften gefährden Sie das Leben von Menschen, und das ist nicht schön, meinen Sie nicht auch, Herr Schmetterling? Aber Ihre netten kleinen Geschäfte wären nebensächlich, wenn da nicht auch noch die Raubüberfälle wären. Ach, Herr Schmetterling, diese Raubüberfälle waren, wenn ich Ihnen das so sagen darf, wirklich eine Dummheit. Gewiß, Sie waren jung, Sie waren ein Enthusiast, ein überzeugter Revolutionär; gut, Sie haben aus einem Gefühl falsch verstandener Gerechtigkeit heraus gehandelt, das Ihnen von Personen eingeimpft wurde, die Ihre Naivität nicht hätten mißbrauchen dürfen, aber deshalb überfällt man doch keinen Supermarkt mit der Pistole in der Hand, Sie werden sich fragen, woher wir diese Dinge wissen, es ist doch schon einige

Jahre her, tja, ich kann Ihnen versichern, daß es mehrere Personen gibt, die sich in Ihrer Lage befinden, ich meine, die ihre Taten aufrichtig bereuen, wissen Sie, die Reue funktioniert wie ein Kettenbrief, wenn irgend jemand mir etwas von Ihnen erzählt, erzählen Sie mir bestimmt etwas von einem anderen, und außerdem wissen Sie ja selbst sehr gut, daß Sie freiwillig, aus Eigeninitiative gehandelt haben, eben weil Sie ein Enthusiast waren, Sie besaßen einen gewaltigen Enthusiasmus, aber der Enthusiasmus rächt sich auch noch nach dreißig Jahren, ich weiß nicht, ob Sie sich ausrechnen können, wie hoch der Preis, in Gefängnisjahren ausgedrückt, ist, ich helfe Ihnen, sagen wir, fünfzehn Jahre, ach, ich vergaß den Toten mitzurechnen, den es bei dem einen Überfall gab, aber das wissen Sie ja besser als ich, mit einem Wort, die Jahre werden immer mehr, rechnen Sie es sich selbst aus.«

Der dunkelblau gekleidete Herr zog sein Taschentuch heraus und tupfte sich behutsam den Schweiß von der Stirn. Einen Augenblick lang schloß er die Augen, als sei er sehr müde, dann öffnete er sie wieder und heftete den Blick fragend auf sein Gegenüber.

»Möchten Sie etwas trinken?« fragte er.

»Wo bin ich?« fragte der Mann mit den grauen Haaren. »Ich möchte wissen, wo ich bin.«

Der dunkelblau gekleidete Herr machte eine enttäuschte Geste, dann breitete er resigniert die

Arme aus. »Herr Schmetterling«, sagte er, »kommen Sie, hören Sie auf, solche Fragen zu stellen, sehen Sie, das ist einfach ein x-beliebiger Ort, ein x-beliebiges Gebäude, hier gibt es keine Schilder an der Tür, es ist ein Ort, der sich für anonyme Begegnungen eignet, zwischen anonymen Freunden, wie wir es sind.«

Der Mann mit den grauen Haaren knöpfte sich den Hemdkragen auf. Er dachte kurz nach, dann blickte er mit argwöhnischer Miene um sich. »Aber warum ausgerechnet ich?« sagte er.

Der dunkelblau gekleidete Herr begann mit einer Füllfeder zu spielen, die auf dem Tisch lag. »Vielleicht reichen Ihnen die Gründe nicht, die ich Ihnen genannt habe, Sie sind hartnäckig, Herr Schmetterling, praktische Gründe reichen Ihnen nicht. Nun, wenn Ihnen die praktischen Gründe nicht reichen, komme ich zu den theoretischen, mal sehen, ob Sie sie verstehen. Warum ausgerechnet Sie. Ganz einfach. Weil Sie ein Pechvogel sind. Und wie alle Pechvögel haben Sie Rachegefühle. Ich meine: Sie hassen die Menschen, die ein normales Leben führen, die es auf irgendeine Weise geschafft haben, Sie möchten, daß sie sich in derselben Lage befinden wie Sie, sprich, daß sie in der Scheiße sitzen. Sie sind die ideale Person, weil Sie ein Unglücksrabe sind, Herr Schmetterling, ich weiß nicht, ob ich mich klar genug ausdrücke.«

»Aber ich bin unschuldig an der Ermordung des

ausländischen Konsuls«, sagte der Mann mit den grauen Haaren, »ich meine, ich habe mit der Sache nichts zu tun.«

»Aber mit all den anderen Sachen, von denen ich eben gesprochen habe, haben Sie sehr wohl etwas zu tun, entscheiden Sie sich«, sagte der dunkelblau gekleidete Herr.

»Ich weiß nicht, was ich sagen soll«, sagte der Mann mit den grauen Haaren.

»Also hören Sie mir gut zu«, sagte der dunkelblau gekleidete Herr, »ich schlage Ihnen ein Spiel vor. Ein Spiel, das darin besteht, eine Hypothese aufzustellen, einverstanden?«

»Einverstanden«, antwortete der Mann mit den grauen Haaren.

»Sehr gut, das freut mich für Sie«, sagte der dunkelblau gekleidete Herr. »Stellen wir zum Beispiel die Hypothese auf, die Köpfe der politischen Bewegung, der Sie damals angehörten, hätten Ihnen in jenen Jahren den Auftrag gegeben, ein Auto zu lenken. Hätten Sie es getan? Denken Sie darüber nach.«

»Da brauche ich nicht nachzudenken«, sagte der Mann mit den grauen Haaren. »Ich hätte es bestimmt getan.«

»Aber natürlich waren Sie nicht allein: Im Auto hat noch jemand gesessen.« Der dunkelblau gekleidete Herr kramte in seiner Tasche und holte ein Päckchen Zigaretten heraus. Er zündete sich ruhig eine an und blies das Zündholz aus. »Gut, nehmen wir an, diese Person bei Ihnen im Auto hätte eine Pistole bei sich gehabt, ich hoffe, es kostet Sie nicht zuviel Mühe, sich das vorzustellen.«

Der Mann mit den grauen Haaren schüttelte den Kopf, zum Zeichen, daß es ihn nicht zuviel Mühe kostete.

»Außerdem kennen Sie sich ja mit Pistolen aus, Herr Schmetterling, es wäre ja nicht das erste Mal gewesen. Aber fahren wir fort. Nehmen wir an, die Person, die Sie begleitete, hätte die Pistole benutzen sollen; mit einem Wort, hätten Sie gehorcht, wenn die Köpfe Ihrer Bewegung Ihnen den Auftrag gegeben hätten, eine Person zu begleiten, die eine Pistole hätte benutzen sollen? Denken Sie gut nach.«

»Ich glaube schon«, sagte der Mann.

»Glauben Sie es, oder sind Sie sich sicher?«

»Ich bin mir sicher.«

»Gut«, sagte der dunkelblau gekleidete Herr. »Und jetzt sind Sie an der Reihe, unsere Hypothese weiterzuführen. Wohin, glauben Sie, hätten Sie den Mann mit der Pistole gebracht? Denken Sie nach.«

Der Mann mit den grauen Haaren antwortete nicht sofort und starrte auf seine Füße. »Wir wären durch die Stadt gefahren.«

»Sie kennen diese Stadt sehr gut, nicht wahr?«

»Ich kenne sie ausgezeichnet, ich habe viele Jahre hier gewohnt.«

»Mit einem bewaffneten Mann fährt man nicht

in der Stadt spazieren, man bringt ihn irgendwohin, an einen vereinbarten Ort.«

»Aber ich habe mit niemandem einen Ort vereinbart.«

»Versuchen Sie sich einen vorzustellen.«

»Versuchen Sie es.«

»Für mich ist es einfach, ich kenne die Geschichte ja bereits. Ich möchte, daß auch Sie sie kennen.«

»Dann erzählen Sie sie mir.«

»Ich hätte lieber, daß Sie sie mir erzählten. Ich sagte Ihnen ja, daß wir ein Spiel spielen.«

»Aber ich schaffe es nicht.«

»Einverstanden, fangen wir wieder von vorne an. Nehmen wir an, die Köpfe Ihrer Bewegung hätten Ihnen den Auftrag gegeben, den Killer des Konsuls im Auto zum Tatort zu fahren. Hätten Sie es getan?«

»Damals?«

Der dunkelblau gekleidete Herr zeigte aufs neue eine kaum merkliche Geste der Ungeduld. »Herr Schmetterling«, sagte er, »verlieren wir keine Zeit, wir sprechen doch von damals.«

»Damals schon«, sagte der Mann mit den grauen Haaren entschieden, »ich hätte alles getan, was die Köpfe der Bewegung mir befahlen, damals.«

»Sie hätten sogar einen Mörder gefahren?«

»Gewiß«, sagte der Mann mit den grauen Haaren. »Ich hätte sogar einen Mörder gefahren, für die gerechte Sache hätte ich sogar das getan.«

»Ich war mir sicher, daß Sie es getan hätten«, sagte der dunkelblau gekleidete Herr. »Und jetzt machen wir eine Pause, wir haben uns etwas zu trinken verdient.« Er stand auf und ging zu einem Schrank hinten im Zimmer. Darin befand sich ein kleiner Kühlschrank. Er nahm zwei Orangenlimonaden und zwei Gläser heraus. Er öffnete die Fläschchen und stellte sie auf den Tisch. »Eine Affenhitze ist das heute«, sagte er, »kein idealer Tag zum Arbeiten, aber was bleibt uns anderes übrig.« Er setzte sich und trank in aller Ruhe seine Orangenlimonade. Dann zündete er sich eine Zigarette an. »Sie arbeiten im Freien«, fuhr er fort. »Muß schön sein, im Freien zu arbeiten, wissen Sie, daß ich Sie beneide?« Ohne die Antwort abzuwarten, sprach er weiter. »Außerdem wohnen Sie in einer schönen Gegend, am Meer, ich habe immer davon geträumt, am Meer zu leben, vielleicht ziehe ich hin, sobald ich in Pension bin. Ach, übrigens, was für ein Auto war es?«

Der Mann mit den grauen Haaren sah ihn verwirrt an.

»Wie meinen Sie das?« fragte er.

»Was heißt, wie ich das meine, Herr Schmetterling, ich habe Sie gefragt, was für ein Auto es war.«

»Was für ein Auto?«

»Das, von dem wir eben gesprochen haben.«

»Irgendein Auto.«

»Nein, nein, irgendwelche Autos gibt es nicht. Autos haben eine Marke, eine Nummer, eine Farbe, einen Hubraum. Es gibt solche und solche. Suchen Sie sich eines aus.«

»Einen Ford.«

»Warum einen Ford?«

»Einfach so.«

»Nein«, seufzte der dunkelblau gekleidete Herr, »die Begründung überzeugt mich nicht.«

»Weil sich ein Ford leicht knacken läßt, ich meine, weil ich damit umgehen kann.«

»Was meinen Sie damit?«

»Verzeihung, Sie werden doch nicht glauben, ich hätte den Killer mit meinem Auto zum Tatort gebracht oder mit einem, das ich von einem Freund geliehen hätte?«

»Gewiß nicht.«

»Also hätte ich es gestohlen. Deshalb dachte ich an einen Ford, weil ich einen Ford leicht aufbrechen kann, ich brauche dazu nur ein Taschenmesser.«

»Gut, Herr Schmetterling, ich sehe, daß Sie sich schon langsam an die Spielregeln gewöhnen. Ich freue mich über Ihre Mitarbeit. Den Ford hätten Sie also gestohlen?«

»Ja, den hätte ich gestohlen.«

»Und was für einen Ford?«

»Einen grauen Taunus.«

»Und wo hätten Sie ihn gestohlen?«

»Auf dem Corso Buenos Aires.«

»Ausgezeichnet. Und jetzt versuchen Sie mir zu erzählen, was an diesem Tag passiert ist.«

Der Mann mit den grauen Haaren deutete ein Lächeln an, aber vielleicht war es auch nur eine unbestimmte Grimasse. »Auch wenn all das geschehen wäre, wäre es nicht meine Schuld gewesen, es wäre die Schuld meines Auftraggebers gewesen.«

»Gewiß«, sagte der dunkelblau gekleidete Herr, »aber darüber sprechen wir später, versuchen Sie jetzt, mir zu erzählen, was an diesem Tag passiert ist.«

»Und im Grunde wäre nicht einmal derjenige schuld gewesen, der die Waffe gebrauchte«, fuhr der Mann mit den grauen Haaren fort, als ob er nicht gehört hätte. »Er hätte den Auftrag nur ausgeführt, schuld wären die Organisatoren, die Auftraggeber gewesen.«

»Gewiß«, wiederholte der dunkelblau gekleidete Herr geduldig, »aber darüber sprechen wir später. Versuchen Sie jetzt, mir zu erzählen, was an diesem Tag passiert ist. Sie haben jetzt die Karten in der Hand, aber wenn Sie wünschen, kann ich eingreifen.« Er zündete sich noch eine Zigarette an und ließ sie im Aschenbecher abbrennen. »Los«, sagte er, »beginnen wir mit dem Morgen.«

»Mit dem Abend«, erwiderte der Mann mit den grauen Haaren, »ich meine, mit dem Abend davor, denn ein Auto klaut man am Abend, das ist einfacher.«

»Gut, also am Abend.«

»Nun ja, also, ich meine, der Abend war ein

ganz normaler Abend. Wir aßen an diesem Abend in einer Pizzeria, ich und der Genosse, der die Operation durchführen sollte. Wir mußten den Zeitpunkt der Begegnung und andere Details besprechen.«

Der dunkelblau gekleidete Herr lächelte zufrieden. »So ist's recht, Herr Schmetterling«, sagte er, »ich sehe, Sie beginnen das richtige Vokabular zu gebrauchen, man hat nicht einmal den Eindruck, daß Sie aus dem Stegreif sprechen, man könnte glauben, daß Sie das nicht zum erstenmal erzählen.«

»Einem Fremden«, flüsterte der Mann mit den grauen Haaren, »erzähle ich es zum erstenmal.«

»Aber sich selbst brauchen Sie die Geschichte gewiß nicht zu erzählen, dessen bin ich mir sicher, sie existierte bereits, zumindest in ihren Gedanken.«

Der Mann mit den grauen Haaren schüttelte entschieden den Kopf. »Ganz bestimmt nicht«, sagte er hastig, »ich kann Ihnen versichern, daß ich noch nie daran gedacht habe, nein.«

Der dunkelblau gekleidete Herr öffnete das Zigarettenpäckchen und bot es dem grauhaarigen Mann an. »Rauchen Sie eine Zigarette, und denken Sie gut darüber nach. Hören Sie zu, spielen wir aufrichtig, jedes Spiel hat seine Regeln, und an die Regeln muß man sich halten. Nicht wir haben Sie gesucht, Sie haben uns einen Tip gegeben, und wir haben begriffen, warum Sie uns einen Tip gegeben haben, ich meine, Sie hatten nur einen einzigen Grund, Sie wollten uns klipp und klar eine Geschichte erzählen. Sehen Sie, wir sind schlau, Herr Schmetterling, unterschätzen Sie uns nicht, wir sind schlauer als Sie, und deshalb sollten Sie uns gegenüber nicht den Schlaukopf spielen, Sie sollten sich verhalten wie bei der Beichte, sehen Sie, uns interessieren nicht nur die nackten Tatsachen, halten Sie uns nicht für Pragmatiker, sofern Sie wissen, was dieses Wort bedeutet, uns interessiert nicht nur, was draußen passiert, uns interessiert auch, was in den Köpfen der Leute passiert. Wir müssen ganz klare Spielregeln festlegen. Die Eindeutigkeit ist unsere Form von Sauberkeit.«

Der Mann mit den grauen Haaren zündete sich die Zigarette an, die man ihm angeboten hatte. Seine Hand zitterte leicht. »Stimmt, ich wollte eine Geschichte erzählen«, flüsterte er.

»Dessen war ich mir sicher«, erwiderte kurz angebunden der dunkelblau gekleidete Herr. »Und jetzt, entschuldigen Sie die Unterbrechung, machen wir bei jenem Abend weiter. Also, die Pizzeria.«

»Ich war an diesem Abend sehr nervös, ich brachte keinen Bissen hinunter. Mein Genosse hingegen war ganz ruhig, er hatte Hunger, er aß zwei Pizzen mit Meeresfrüchten.«

»Sie haben ein hervorragendes Gedächtnis«, sagte der dunkelblau gekleidete Herr eisig.

»Ich kann das sagen, weil ich den Geschmack meines Genossen kenne, er liebt Meeresfrüchte.«

»Entschuldigen Sie, ein nicht unbedeutendes Detail«, unterbrach ihn der dunkelblau gekleidete Herr. »Könnten Sie die Identität dieser Person mit absoluter Sicherheit bezeugen?«

»Gewiß«, antwortete der Mann mit den grauen Haaren, »unter all meinen Bekannten hätte es nur einen gegeben, der den Mut besessen hätte zu schießen. Zumindest glaube ich das. Es hätte nur er sein können.«

»Also könnten wir auch ihm einen Kodenamen geben. Ich schlage vor, ihn Genosse Beretta zu nennen, da die Tatwaffe eine Beretta war.«

»Ich und Genosse Beretta verließen ungefähr um dreiundzwanzig Uhr die Pizzeria und gingen zu Fuß zum Corso Buenos Aires. Dort angelangt, sahen wir einen grauen Taunus, der neben dem Gehsteig geparkt war, und beschlossen, ihn für die Operation des darauffolgenden Tages zu benutzen. Ich selbst brach ihn mit meinem Taschenmesser auf, und dann fuhren wir los, ich fuhr, um mich mit dem Fahrzeug vertraut zu machen, ich brachte den Genossen Beretta nach Hause, dann fuhr ich zu mir nach Hause und parkte den Wagen in der Nähe meiner Wohnung, ungefähr dreihundert Meter entfernt. Was diesen Abend anbelangt, ist das alles. Wenn Sie es für richtig halten, könnte ich mit dem nächsten Tag fortfahren. Allerdings fällt es mir schwerer, mir den nächsten Tag vorzustellen.«

»Warum schwerer?«

»Ich meine, es ist peinlicher.«

»Das scheint mir nicht das richtige Wort zu sein.«

»Es ist aber eine schwerwiegende Sache, eine sehr schwerwiegende Sache.«

»Denken Sie daran, daß Sie ja nur das Auto gefahren hätten.«

»Ja, aber auch so wäre es Beihilfe zum Mord gewesen, darüber weiß ich Bescheid.«

»Sie hätten es ja ohnehin im Namen einer falsch verstandenen Gerechtigkeit getan, welche ihnen von Personen eingeimpft worden ist, die aufgrund ihres Bildungsniveaus Ihre Naivität nicht hätten mißbrauchen dürfen. Und am wichtigsten ist ja, daß Sie aufrichtig bereuen, vielmehr völlig zerknirscht sind. Und diese Reue sollten Sie nicht nur den Behörden anvertrauen, sondern auch einer Person Ihres Vertrauens, einem Beichtvater. Sie müssen Ihre Reue leben. Sie wollen büßen.«

»Aber mich interessiert nicht, wie die Dinge gelaufen wären, mich interessieren die Personen, die mir die Anordnungen gegeben hätten, ich war damals von ihnen abhängig, sie konnten mit mir machen, was sie wollten, ich war in ihren Händen, in ihrer Macht, ich hätte alles für sie getan, aber wie haben sie es mir gedankt? Vergessen haben sie mich. Sie haben mich benutzt und fallengelassen.«

»Aber um zu den Personen zu gelangen, die Sie benutzt und fallengelassen haben, müssen wir zuerst die Tatsachen klären, oder etwa nicht?«

»Die Tatsachen könnten im Grund ganz einfach sein.«

»Ich möchte sie von Ihnen hören.«

»Ich glaube, das könnte der einfachste Teil der Geschichte sein.«

»Und wie sieht er in Ihrer Version aus, der einfachste Teil?«

»Er sieht so aus: Genosse Beretta hätte mich also um sechs Uhr morgens an der Ecke zur Via Vienna erwartet. Ich wäre vorbeigefahren, und er wäre rasch in den Wagen gestiegen. Dann wäre ich auf den Corso Washington eingebogen und schließlich auf die Via Berlino. Hier hätten wir angehalten, gegenüber der Bar, in der der Konsul jeden Morgen frühstückte. Wir hätten ungefähr eine halbe Stunde gewartet. Der Konsul wäre pünktlich um sieben gekommen, zu Fuß. Genosse Beretta wäre ausgestiegen und ihm entgegengegangen, ohne ihn zu beachten. Sobald er ihm gegenübergestanden hätte, hätte er blitzartig die Pistole gezogen und drei Schüsse auf seine Brust abgefeuert. Noch bevor der Konsul zu Boden gestürzt wäre, hätten wir uns davongemacht, denn ich hätte mit laufendem Motor gewartet und wäre dem Genossen Beretta entgegengefahren. Es hätte so gut wie keine Zeugen gegeben. In dem Moment, in dem der Besitzer der Bar an der Tür gewesen wäre, hätte er uns nur flüchtig gesehen, während wir davonfuhren. Und was hätte er gesehen? Zwei Personen von hinten, die in einem grauen Taunus flohen.«

»Fahren Sie fort«, sagte der dunkelblau gekleidete Herr.

»Da gibt es nicht mehr viel zu sagen. Ich wäre denselben Weg zurückgefahren, langsam, um nicht aufzufallen. Corso Washington, Via Vienna, Corso Buenos Aires. Am Ende des Corso Buenos Aires liegt die Piazza Varsavia, hier hätten wir den Wagen abgestellt und dann die U-Bahn genommen, jeder in eine andere Richtung, ich nach Norden und Genosse Beretta nach Süden. Was halten Sie davon?«

»Es erscheint mir sehr glaubhaft«, sagte der dunkelblau gekleidete Herr, »wirklich sehr glaubhaft, vermutlich könnte man die Geschichte gar nicht besser erzählen. Natürlich fehlen ein paar Details, hier eine Kleinigkeit, dort eine Kleinigkeit, Details sind sehr wichtig, damit Geschichten, vor allem hypothetische Geschichten glaubhaft wirken, ich hoffe, ich drücke mich klar genug aus. Und nicht so gleichgültig, leidenschaftlicher. Und Tränen. Mit einem Wort, Seelenpein. In dieser Angelegenheit geht es um Reue, vergessen Sie das nicht.«

»Aber das interessiert mich nicht«, sagte der Mann mit den grauen Haaren. »Diese mögliche Geschichte interessiert mich nicht, mich interessieren die Personen, die mir die Anordnung hätten geben können, all das zu tun, die interessieren mich.«

Der dunkelblau gekleidete Herr stand auf und

begann langsam im Zimmer auf und ab zu gehen. »Wir nähern uns«, sagte er, »wir nähern uns dem Punkt, der Sie interessiert und uns noch mehr. Wie Sie sehen, decken sich in diesem Punkt unsere Interessen. Wir müssen nur die richtigen Personen finden, denn Anführer gab es viele, und vielleicht hätten nicht alle ihre Zustimmung zu einer derartigen Operation gegeben. Im übrigen bin ich überzeugt davon, daß eine derartige Entscheidung in einem sehr engen Kreis gefällt worden wäre, was meinen Sie?«

»In einem ganz engen«, antwortete der Mann mit den grauen Haaren, ohne zu zögern. »Wichtig waren außerdem nur die, die mir den Auftrag hätten geben können.«

»Wie viele Personen?«

»Zwei.«

»Keine Namen, aber geben Sie mir einen Hinweis.«

»Die, die wir die Professoren nannten.«

Der dunkelblau gekleidete Herr lächelte zufrieden. »Das klingt hervorragend«, sagte er, »fahren Sie fort.«

»Es war am zehnten März, genau einen Monat vor dem Mord. In der Stadt fand ein Kongreß über den Krieg in der Welt statt, der von der Bewegung organisiert worden war. Es waren auch französische und deutsche Organisationen gekommen. Die beiden Professoren waren schon seit einigen Monaten nicht in der Stadt, sie leisteten Basisarbeit im Süden. Ich besuchte sie bei einem Podiumsgespräch, das sie moderierten. Ich befand mich in einer schlimmen Lage, mein Sohn war wegen einer Virusinfektion im Krankenhaus, und der Hausvermieter hatte mich gekündigt. Ich brauchte Geld, nicht viel, aber doch eine gewisse Summe. Ich hatte vor, sie darum zu bitten. Immerhin hatte ich alles für sie getan. Ich hatte Flugblätter für sie verteilt, ich hatte geschuftet, ich war der Knecht der Bewegung gewesen. Ich ging hin, um mit ihnen zu sprechen. Nach fünf Minuten schickten sie mich weg, sie sagten, sie könnten mir nicht helfen, sie hätten meine Forderungen satt. Meine Forderungen satt. So eine Frechheit. Vor ein paar Jahren hatte ich alles für sie getan. Sie hatten meine Forderungen satt. Nach fünf Minuten schickten sie mich weg und sagten, sie hätten andere Sorgen.«

Der dunkelblau gekleidete Herr nahm wieder Platz. Er sah besorgt drein, runzelte die Stirn. »Überlegen wir einmal«, sagte er, »überlegen wir einmal. Die Sache klingt nicht sehr überzeugend. Ein Gespräch in aller Eile, inmitten der vielen Menschen, scheint mir nicht gerade eine ideale Gelgenheit zu sein, um einen derart heiklen Auftrag zu erhalten, die beiden Professoren hätten das nie bei einer solchen Gelegenheit getan, diese Version würde niemanden überzeugen.«

»Ich habe keine andere Wahl, vor der Tat habe ich sie nur dieses eine Mal gesehen. Und ich habe auch sonst nicht mit ihnen gesprochen. Es gibt Zeugen, die mich mit ihnen haben sprechen sehen. Das ist der Vorteil. Diesen Vorteil muß man nutzen.«

»Und was hätten sie zu Ihnen gesagt?«

»Sie hätten mir gesagt, die Operation sei für den neunten April festgesetzt, ich solle mich bereithalten und Genosse Beretta würde mir alle Anweisungen geben.« Der Mann mit den grauen Haaren machte eine Pause und seufzte. »So kann ich sagen, daß man den Genossen Beretta über alle Einzelheiten des Plans unterrichtet hatte und daß er die Informationen an mich weitergab, daß ich mich etwas später mit ihm unter vier Augen traf, da kann er leugnen, soviel er will.«

»Das halte ich für eine glaubhafte Version«, sagte der dunkelblau gekleidete Herr, »alles in allem halte ich das für eine glaubhafte Version. Ich nehme an, daß es für alle eine glaubhafte Version sein kann. Ich sehe, Sie haben ein gutes Gedächtnis, Herr Schmetterling, es ist wichtig, daß Sie es behalten.«

Im Zimmer wurde es still. Aus der Ferne, gedämpft durch die geschlossenen Fenster, hörte man das Brummen des Verkehrs. Irgendwo schlug eine Uhr.

»Gut«, sagte der dunkelblau gekleidete Herr, »ich glaube, das wäre alles.«

Der Mann mit den grauen Haaren machte eine Bewegung, als wolle er aufstehen, blieb jedoch sitzen. »Entschuldigen Sie«, sagte er, »aber da wäre noch etwas.«

»Und zwar?«

»Nun, etwas, ich weiß nicht, wie ich sagen soll, etwas, das ich, kurz und gut, nicht verstehe.«

»Und das wäre?«

»Das wäre, daß ich zwar meine Gründe kenne, warum ich das alles hier tue, aber nicht die euren.«

Der dunkelblau gekleidete Herr grinste über das ganze Gesicht. Es war das erste Mal, daß er so offen und zufrieden grinste. »Ich werde Ihnen mit einer Frage antworten, wollen Sie sie hören?«

»Gerne«, sagte der Mann mit den grauen Haaren.

Der dunkelblau gekleidete Herr machte mit der Hand eine vage Geste in der Luft, eine leichte Geste, wie ein Vogel, und sagte: »Kann der Flügelschlag eines Schmetterlings in New York einen Taifun in Peking auslösen?«

Der Mann mit den grauen Haaren sah ihn finster an. »Machen Sie sich nicht lustig über mich«, sagte er.

»Ich mache mich nicht lustig über Sie, das ist eine ernstgemeinte Frage.«

»Dann verstehe ich sie nicht.«

»Macht nichts, das ist die Fraktalen- beziehungsweise Chaostheorie. Sie wissen bestimmt, was Chaos ist, aber vielleicht nicht, was Fraktale sind.«

»Ich habe nicht die leiseste Idee.«

»Macht nichts«, sagte der dunkelblau gekleidete Herr liebenswürdig, »Ihnen das jetzt zu erklären würde zu weit führen und wäre zu kompliziert. Aber stellen Sie sich eines vor: daß wir uns in einem Fraktal befinden. Auch Sie sind ein Teil des Fraktals, alle Ihre Bewegungen verändern das Fraktal, lieber Herr Schmetterling, deshalb müssen Sie mit den Flügeln schlagen, wie es sich gehört.« Der dunkelblau gekleidete Herr machte eine müde Geste, faltete sorgfältig sein Taschentuch und steckte es in seine Jackentasche. »Ich glaube, mehr haben wir uns nicht zu sagen«, flüsterte er.

Der Mann mit den grauen Haaren stand hastig auf. Er wirkte verlegen, als wüßte er nicht, wie er sich verabschieden sollte. Dann nickte er mit dem Kopf, anstatt ein Wort des Grußes zu sagen, und ging zur Tür. Als er mitten im Zimmer stand, blieb er stehen und hüstelte verlegen. »Ihr habt mir sogar einen Kodenamen gegeben«, sagte er leise, »aber wenn ich Sie bräuchte, wüßte ich nicht einmal, wo ich Sie finden kann, ich weiß nicht, wie Sie heißen und will es auch gar nicht wissen, aber geben Sie mir wenigstens einen Hinweis, nennen Sie mir einen x-beliebigen Namen, ich meine, ich weiß nicht, wie ich sagen soll.«

Der dunkelblau gekleidete Herr war aufgestanden. Er stützte sich mit den Händen auf den Tisch. »Sie dürfen mich auf keinen Fall suchen, Herr Schmetterling«, sagte er, »aber wenn Sie wissen wollen, mit wem Sie gesprochen haben, kann ich für Sie irgendeinen Namen erfinden. Für Sie bin ich Doktor Bewußtsein. Ich war in diesem Fall Ihr Bewußtsein, Herr Schmetterling; vielleicht der dunkelste Teil Ihres Bewußtseins, den nicht einmal Sie kennenlernen möchten und den Sie sorgsam unter einer Falltür verschlossen halten. Heute ist diese Tür geöffnet worden, ich kann Ihnen gar nicht sagen, wie froh ich darüber bin. Und wie sehr es mich erschöpft hat. Es ist nicht einfach, sich in einem Bewußtsein wie dem Ihren umzutun. Aber das ist mein Beruf, er ist eine Art Mäeutik, und die Mäeutik ist anstrengend, wenn Sie verstehen, was ich meine. Wenn ich in Pension gehe, werde ich mir vielleicht eine Tätigkeit im Freien suchen, vielleicht am Meer, an einem Ort wie dem Ihren. Und jetzt adieu, meine Arbeit ist getan, ich glaube, wir werden keine Gelegenheit mehr haben, uns wiederzusehen.«

Die Forelle, die zwischen den Steinen hin und her flitzt, erinnert mich an dein Leben

Es würde sowieso niemand kommen. Das dachte er als erstes, und er spürte einen Schmerz im rechten Knie. Er ließ den Blick über die Wände gleiten. Die Bilder schienen ihm unerträglich. Aquarelle, dachte er, verdammte Aquarelle. Und mittlerweile war ein strahlender Nachmittag angebrochen, der Himmel stand dunkelblau über den Dächern der großen Stadt, Dächern, die noch glänzten vom Morgenregen. Am liebsten hätte er das Fenster weit aufgemacht, aber er blieb sitzen. Er hätte sie sofort hereinbitten können, aber er beschloß, daß es besser war, sie noch etwas warten zu lassen. Führen Sie sie in den Salon, sagte er zur Haushälterin, sagen Sie ihr, ich schreibe. Es würde sowieso niemand kommen. Einen Augenblick lang gab ihm der Gedanke ein Gefühl der Kraft. Merkwürdig, der Gedanke quälte ihn sonst, ließ in ihm eine dumpfe Wut aufkommen, denn er bedeutete, verlassen worden zu sein. Aber nicht in diesem Augenblick, dachte er, jetzt war jemand da. Er lachte in sich hinein. Sagen wir lieber, ich habe Besuch, sagte er zu sich. Ach, diese unerträglichen Bilder. Und neben den Aquarellen diese schrecklichen Ölbilder, Porträts in der strengen, klobigen Manier der dreißiger Jahre, als es auf die Oberfläche ankam. Und außerdem die Gesichter der Toten. Unerträglich. Er hob die Hand und winkte. Auf Wiedersehen, Gesichter der Toten, murmelte er, bald sehen wir uns wieder. Er nahm die Decke von den Knien und spürte das Verlangen, aufzustehen. Wenigstens ans Fenster treten, hinausschauen, den Blick schweifen lassen. Aber statt dessen blieb er sitzen. Verbrecher, dachte er, lauter Verbrecher. Wen meine ich damit, fragte er sich. Tja, ich meine alle. Er lächelte in sich hinein. Oder, besser gesagt, Arschlöcher; lauter Arschlöcher. Dann betrachtete er Lucrezias Foto auf dem Bücherregal und murmelte: Oder, wie du gesagt hättest, Lucrezia, lauter Arschlöcher. Lucrezia lächelte ihm vom Foto aus zu. Mit dir habe ich mich verstanden, Lucrezia, sagte er, du mit deiner Grausamkeit hast mich vor allen beschützt. Er hätte gern gesungen, tat es aber nicht. In seinem Alter ziemte es sich nicht mehr, zu singen. Ein alter Mann, der singt, ist ein kindischer alter Narr, auch wenn man ihn früher lustig gefunden hätte. Früher. Er sagte: Früher, Lucrezia, auch ich möchte dich besuchen, ich komme in ein paar Sekunden. Er machte es sich im Sessel bequem und tat so, als würde er ein Schläfchen halten. Lucrezia kam ihm bei einem Spaziergang am Meer entgegen. Es war in Rapallo, gewiß, es konnte nur in Rapallo sein. Sie trug einen Tweedrock und einen Fuchs um den Hals. Er ging ihr entgegen und versteckte sich zwischen den Palmen auf der Uferpromenade. Ciao, Lucrezia, sagte er. Lucrezia sah ihn an und lächelte merkwürdig. Ich möchte ein Eis, sagte sie, ein großes, schönes Eis. In welchem Jahrzehnt sind wir, fragte er. Wir sind in den vierziger Jahren, sagte Lucrezia, dieses Land ist schrecklich, und ich möchte in Paris leben, wir sind in den vierziger Jahren, siehst du das nicht an meinen Kleidern? Doch, sagte er und zupfte seinen Mantel zurecht, ich sehe es. Und dann dachte er: So was, wir sind in den vierziger Jahren, ich schreibe gerade meine besten Gedichte. Und dann fragte er: Aber in welchem Jahr genau? Neunzehnhundertneunundvierzig, antwortete Lucrezia. Donnerwetter, sagte er, ich schreibe gerade mein berühmtestes Gedicht, »Die Distel auf dem Felsen«. Lucrezia sah ihn spöttisch an. Du bist ein Scheißkerl, sagte sie. Er rückte den Hut zurecht und machte einen Schritt. Lucrezia hängte sich bei ihm ein. Das Meer war wunderbar, eine tiefblaue Tafel. Du bist zu früh gestorben, sagte er, du weißt nicht, was für ein Dichter ich in diesen vierzig Jahren geworden bin, eine Kultfigur, nicht ich behaupte das, sondern die Kritiker, die Literaturgeschichten. Aber Lucrezia hörte ihm gar nicht zu, sie lächelte, sie war zerstreut, sie sah aus wie ein junges Mädchen. Während sie eingehängt weiterschlenderten, machte sie, mitten auf der Uferpromenade, andeutungsweise ein paar Tanzschritte. Ein paar Spaziergänger drehten sich um. Lucrezia, sagte er, die Leute schauen her, mach dich nicht lächerlich. Sie blieb sofort stehen und drehte ihm den Rücken zu, verschränkte die Arme und blickte beharrlich aufs Meer hinaus. Durch diese Zimmer weht der Wind, rezitierte sie, und du hast dich ergeben. Dann sah sie ihn gekränkt an und sagte: Dieses Gedicht hast du für mich geschrieben, beziehungsweise, du hast es mir zu verdanken, daß du es geschrieben hast, ich habe dich dorthin geführt, genau dorthin, auf die Hügel, wenn ich dich nicht dorthin geführt hätte, hättest du es nicht geschrieben, aber ich habe mich nicht ergeben, obwohl ich tot bin. Das wollte ich nicht sagen, unterbrach er sie, um sich zu rechtfertigen. Macht nichts, sagte Lucrezia in pragmatischem Tonfall, gehen wir ein Eis essen. Sie überquerten die Straße und setzten sich an ein Tischchen im Café Rapallo. Der Kellner kam diensteifrig angelaufen, und Lucrezia bestellte einen Schokoladenbecher. Er nahm einen Kaffee. Es war schön, in den vierziger Jahren zu sein, dachte er und machte es sich im Sessel bequem, als würde er es sich in der Zeit bequem machen. Es war schön und tröstlich. Lucrezia war noch nicht tot, auch die Freunde waren noch alle am Leben, sie waren am Leben und voller Enthusiasmus, dort in Florenz, von wo sie ihm schrieben. Und dieser begeisterte Kritiker, der von ihm verlangte, er solle sich stärker politisch engagieren, und der ihm lange pathetische Briefe schrieb: auch das war schön. Und die Schwierigkeiten, in diesem armen Italien alles neu aufzubauen, auch das war schön. Es war zumindest ein Zeichen von Leben. Und die langen Nachmittage, an denen er durch die Stadt spazierte, die Verlagsarbeit, die neuen Freundschaften: alles war schön. Gewiß war es schöner, als in dieser Wohnung eingeschlossen zu sein, die mit den Gesichtern der Toten tapeziert war, allein, ohne auf jemanden zu warten, weil ihn niemand mehr besuchte, ausgenommen sie, die Blondine. Alle hatten ihn im Stich gelassen, Journalisten, Kritiker, Freunde. Inzwischen erregte er kein Aufsehen mehr, wen interessierte schon ein hinfälliger, kranker Dichter, der mit seiner Haushälterin zusammenlebte? Er nahm die Hand Lucrezias und fragte sie: Wen interessiert schon ein hinfälliger, kranker Dichter, der mit seiner Haushälterin zusammenlebt? Sie schleckte ihr Eis und lächelte schlau: Warum bleibst du nicht bei mir? Ich kann nicht, sagte er, es ist schon zuviel Zeit vergangen, aber ich komme bald. Sie lächelte noch einmal. Und was machst du bis dahin, fragte sie ihn, erzähl mir von dir. Er seufzte tief. Ich langweile mich, sagte er, ich langweile mich zu Tode. Ich gehe nicht mehr aus, die Beine tragen mich nicht mehr. Ich verbringe die Zeit damit, die Gesichter der Toten an den Wänden zu betrachten, keiner kommt mich mehr besuchen, nur sie, die Blondine. Warte, laß mich raten, sagte Lucrezia, sie schreibt Gedichte und möchte ein Vorwort von dir. Vielleicht, sagte er nachdenklich, ich weiß nicht, aber sie hat Aas gerochen, sie möchte noch etwas von mir, bevor ich ins Gras beiße. Aber was für eine Sprache, sagte Lucrezia, ich erkenne dich nicht wieder, ich erkenne meinen kleinen Scheißkerl nicht wieder. Du hast jedenfalls verstanden, erwiderte er, du hast gut verstanden. Ich habe sehr gut verstanden, sagte Lucrezia, sie ist ein Arschloch, was willst du von ihr? Rächen will ich mich mit ihrer Hilfe, sagte er, ja, genau das habe ich vor. Dich an wem rächen, fragte Lucrezia interessiert. Nun, an mir, sagte er, das ist die vollkommenste Rache, aber gleichzeitig auch an den anderen, ich möchte sie alle treffen, diese Dummköpfe. Pardon, sagte sie, Arschlöcher. Und dann fügte sie hinzu: Tu so, als würdest du dich in sie verlieben, mach ihr den Hof, du bist ein Genie, wenn es darum geht, Verliebtsein vorzutäuschen, eine lächerliche Altersliebe, *voilà*. Lucrezia öffnete ihr Täschchen und nahm die Puderdose heraus. Sie erneuerte rasch und unauffällig ihr Make-up. Lucrezia war häßlich, sie war richtiggehend häßlich. Da half auch die Tatsache nichts, daß sie sich in den vierziger Jahren befanden, die Jugend ist machtlos gegen die Häßlichkeit. Auch du bist schließlich nicht besonders schön, sagte sie, als hätte sie seine Gedanken erraten, du bist ein kurzatmiger alter

Mann. Aber ich habe weiße Haare, antwortete er, die weißen Haare verleihen mir etwas Vornehmes. Die weißen Haare helfen da auch nichts, erwiderte sie, gegen Häßlichkeit sind selbst weiße Haare machtlos. Er lächelte ihr zu, und auch sie schenkte ihm ein müdes Lächeln, aus der Ferne des Bildes. Er gab sich einen Ruck und blickte sich um. Wieviel Zeit war vergangen? Eine Minute, eine Stunde? Nichts, dachte er, keine Sekunde ist vergangen, die Zeit steht still, wenn man in die Vergangenheit zurückkehrt. Er klingelte, und Rita kam. Er sagte zu ihr, sie solle sie noch etwas warten lassen, er habe zu schreiben. Soll ich sie wegschicken, fragte Rita. Nein, bestimmt nicht. Das war sein Besuch, der Besuch, auf den er den ganzen Tag gewartet hatte, ganz im Gegenteil, sie solle sich lieber bereithalten, vielleicht lade er sie zum Abendessen ein. Rita brummte etwas und verschwand. Die blonde Frau gefiel ihr nicht. Rita hatte ein ausgezeichnetes Gespür, sie war mehr oder weniger Analphabetin, aber in den Menschen täuschte sie sich nie. Inzwischen dämmerte es, im Oktober sind die Tage kurz. Er spürte eine große Sehnsucht, aber Sehnsucht wonach? Merkwürdig, einfach eine Sehnsucht, ohne zu wissen, wonach. Die Sehnsucht zu schreiben, vielleicht. Aber danach, wirklich zu schreiben, wie früher, mit Kraft, mit Leidenschaft, mit Überzeugung: nicht so, wie er es jetzt zu tun gedachte. Und Sehnsucht nach diesen Tagen. Aber nach was für Tagen? Nein,

Sehnsucht nach nichts. Bloß eine Sehnsucht im Reinzustand. Er erhob sich aus dem Sessel und faltete sorgfältig die Decke. Er hätte sich gern die Pantoffel ausgezogen, aber er schaffte es nicht, und deshalb ließ er es bleiben. Pech, meine Liebe, dachte er, bekommst du mich eben in Pantoffeln zu sehen. Und er pfiff vor sich hin. Er setzte sich an den Tisch, nahm ein Blatt Papier und begann zu schreiben. Es ging ihm leicht von der Hand, er kannte es ja so gut wie auswendig. Er faltete das Blatt und steckte es in die Tasche des Hausmantels. Er betrachtete sich im Spiegel und rückte das Halstuch zurecht. Dann trat er ans Fenster. Inzwischen war es Abend geworden. Er betrachtete die Piazza und die Kirche und verspürte aufs neue Sehnsucht. Er war schon einmal, an einem Oktoberabend, auf einer Piazza vor einer Kirche gewesen. Zusammen mit einer Frau, und sie saßen auf einer Bank. Oder vielleicht bildete er sich das nur ein, wer weiß. Wenn die Erinnerungen schon sehr weit zurückliegen, nähern sie sich der Phantasie, sie sind dann wie ein Traum. Er hätte gern Geige gespielt, er verspürte den brennenden Wunsch danach, aber er konnte nicht spielen, und er besaß auch keine Geige. Oder zumindest wäre es schön gewesen, Geigenmusik zu hören, ein *Capriccio* von Paganini zu genießen und sich von der Phantasie oder der Erinnerung – was ja dasselbe war – mitreißen zu lassen, sich in die Lüfte zu schwingen und davonzufliegen, dieses unerträgliche Zimmer zu verlassen, tief über der Stadt in Richtung Meer zu fliegen und über den Strand von Bocca di Magra zu gleiten und dabei die in umgekehrter Richtung dahineilenden Jahre zu verschlucken, so, als ob er sie einatme, bis hin zu den dreißiger Jahren. Die dreißiger Jahre, Lydia, der Abend, an dem ein Abschied stattfand. Sein ganzes Leben lang hatte dieser Abschied auf ihm gelastet, die Art und Weise dieses Abschieds, am liebsten hätte er ihn rückgängig gemacht, und deshalb machte er ihn jetzt rückgängig. Er betrat das Café und sah sie. Sie saß ganz hinten, unter dem großen Spiegel. Er ging zu ihr hin und küßte ihr die Hand. Connie lächelte. Lydia, sagte er zu ihr, ab heute bist du Lydia, mit Ypsilon. Er rief den Kellner und bestellte Champagner. Auf Lydia, sagte er, indem er das Glas hob. Ich habe dir ein Madrigal mitgebracht, fuhr er fort, ich habe es für dich geschrieben, bei unserem wirklichen Abschied habe ich dir es nicht gegeben, wie dumm, ich habe es dir nicht gegeben, weil ich wütend war auf dich, ich haßte dich, weil du mich verlassen wolltest, weil du in dein Land zurückgingst, ich war eifersüchtig auf dich und deine Freiheit, ich wollte dir kein Liebesgedicht schenken, das wäre mir wie eine Schwäche vorgekommen, ich habe es dir heute gebracht, ja, ich weiß, was du denkst, du überlegst dir, wie es möglich ist, daß man im Leben zweimal denselben Moment erlebt, nun ja, es ist ein Wunder, das uns vergönnt ist, weil du Lydia bist und ich dein Dichter bin, und das Wunder geschieht hier in diesem Café.

Er machte das Licht im Arbeitszimmer an und öffnete vorsichtig die Tür. Die Frau saß in einem Sessel im Salon und las, oder zumindest tat sie so. Sie war blond und schön. Es war auf den ersten Blick zu sehen, daß sie auch dumm war, zumindest dachte er das. Aber nein, sie war nicht dumm, sie war nur blond und schön, deshalb erweckte sie den Eindruck, dumm zu sein. Er winkte ihr mit der Hand, und sie sagte: Meister. Verzeihen Sie, daß ich Sie so lange habe warten lassen, sagte er entschuldigend, ich habe geschrieben. Und darüber, dachte er, ist es Nacht geworden. Und er spürte, daß es auch in ihm Nacht geworden war, jetzt, da die Wirbel der Zeit ihn wieder losgelassen hatten und er wieder hier war, in seiner alten Wohnung wie immer, und reden mußte, sich rechtfertigen, immer etwas sagen, immer etwas. Die Frau öffnete die Tasche und zog ein Buch heraus, das sie ihm hinhielt. Und dabei lächelte sie, glücklich und zufrieden. Er hörte Worte aus der Ferne, er ahnte, daß es sich um die amerikanische Zeitschrift handelte, wo der Aufsatz über ihn erschienen war, und er dachte auch: Was soll ich damit, nickte dabei aber betreten und sagte: Ich danke Ihnen. Inzwischen war sie aufgestanden, sie wirkte etwas verlegen. Ich möchte Sie nicht länger stören, sagte sie, ich bin nur deshalb gekommen. Da nahm er mit freundschaftlicher Geste ihre Hand, Bleiben Sie zum Abendessen, sagte er, Rita hat schon den Tisch gedeckt, heute abend gibt es Forelle. Sie strahlte. Die Forelle, die zwischen den Steinen hin und her flitzt, zitierte sie, und er hätte sie am liebsten am Weiterreden gehindert, er machte eine Geste, die er selbst als verzweifelt empfand, aber sie fuhr unerbittlich fort: erinnert mich an dein Leben. Das war zuviel, das war wirklich zuviel, er spürte, daß er es nicht aushielt, ihr weiter zuzuhören. Er setzte sich in einen Sessel, und sie fragte, ob er sich nicht gut fühle. Er gab keine Antwort und schloß die Augen. Auch Connie schloß die Augen und breitete die Arme unter den Laken aus. Sie war nackt, sie war schön, sie war jung, sie war Connie. Aber er trug einen Mantel und betrachtete sie stehend, im Hotelzimmer. Immer trägst du einen Mantel, sagte Connie, du bist kein Mann, du bist ein Mantel. Er legte den Mantel ab und begann sich auszuziehen. In Unterhosen blieb er vor ihr stehen. Er verspürte ein großes Verlangen und eine große Melancholie. Die Dämmerung senkte sich herab, und das Zimmer blickte auf einen Pinienhain. Er schlüpfte unter die Laken und umarmte sie. Verzeih mir, sagte er zu ihr. Ich weiß nicht, ob ich das kann, antwortete Connie, und außerdem weiß ich nicht, was ich dir verzeihen soll. Er schwieg. Auf dem Nachttisch läutete das Telefon. Ich bin für niemanden zu sprechen, sagte Connie in den Hörer. Sie sagte es auf englisch, und er spürte eine große Entfernung. Wegen meiner Unentschlossenheit, das habe ich gemeint. Connie gab keine Antwort, sondern streichelte ihn. Macht nichts, sagte sie, alle Dichter sind unentschlossen, ich kenne die Dichter, ich möchte mit dir schlafen. Ich auch, sagte er und versenkte das Gesicht in ihren Haaren. Es war wunderschön. Als er aufwachte, stellte er fest, daß er allein im Bett lag. Connie war im Bad und kam mit einem blauen Bademantel und einem Handtuch, das sie wie einen Turban trug, ins Zimmer. Ich fahre in zwei Tagen, sagte sie lächelnd, ich gehe in mein Land zurück. Ich möchte mich morgen von dir verabschieden, sagte er, aber nicht hier, nicht in diesem Zimmer. Ich bin zur gewohnten Zeit im gewohnten Café, ich warte auf dich. Er stand auf und zog sich an. Connie sah ihm zu, sie saß auf dem Bett. Jetzt stand er wieder mit seinem Mantel da und kam sich lächerlich vor. Am liebsten hätte er irgend etwas gesagt, aber er wußte nicht, was. Und als er die Tür öffnete, um zu gehen, flüsterte er vor sich hin, ohne daß sie ihn hören konnte: Die Forelle, die zwischen den Steinen hin und her flitzt, erinnert mich an dein Leben. Aber jetzt kam Rita und sagte, das Abendessen sei fertig. Sie begaben sich ins Speisezimmer sie mit ihrem schönen Gang, er mit seinen trippelnden Schrittchen. Er bot ihr höflich einen Stuhl an, und sie nahm zu seiner Linken Platz. Rita kam mit dem Tablett. Es gab gekochte Lachsforelle mit Karotten und Kartoffeln. Sie nahm sich reichlich, er nur ein wenig. Du bist eine hungrige

Dichterin, schöne Blondine, dachte er, du bist eine hungrige Dichterin. Die Forelle schmeckte gut. Er kostete davon und nahm sich noch ein Stückchen. Gott, wieviel Zeit vergangen war. Er spürte die ganze Last der Zeit. Wieviel Zeit war vergangen? Aber seit wann? Seitdem die Forelle zwischen den Steinen hin und her flitzte. Und von allem, was gewesen war, blieb jetzt nur noch eine gekochte Forelle übrig, die vor ihm stand, und er nahm wahr, daß sie gut schmeckte. Und währenddessen redete die blonde Frau. Sie sprach von Poesie, wie ihm schien, von einem amerikanischen Universitätscampus, von Dichterlesungen. Aber was war die Poesie? Einen Augenblick lang verharrte er bei diesem Gedanken und lächelte. Und sie dachte bestimmt, er lächele über ihre Worte, und das bewog sie, noch aufgeregter zu sprechen. Sie redete und redete. Jetzt sprach sie von den Übersetzungen seiner Gedichte in den verschiedenen Ländern, und sie sagte: Bei diesem Vers hat sich der amerikanische Übersetzer getäuscht. Bei welchem Vers, fragte er. Bei dem Vers, in dem von dem Aschenbecher die Rede ist, dem Aschenbecher aus dem Hotel, in dem Gedicht aus dem Jahr einundvierzig. Ach, sagte er, damals habe auch ich mich getäuscht. Und dann dachte er: Die Poesie ist Täuschung, das ist die Poesie. Das hätte er gerne gesagt, aber sie hätte es nicht verstanden. Es war besser, wenn er es nicht sagte. Er schwieg und tupfte sich den Mund mit der Serviette ab. Scheiße, dachte er, Scheiße, was für eine Scheiße denke ich? Es machte ihm Spaß, so zu denken, in ordinären Worten. Es gab ihm ein Gefühl der Sicherheit und zugleich des Trostes. Er dachte an den Schriftsteller, der ihm beflissene Briefe schrieb, einen durch und durch ordinären Menschen, der sich als Neoromantiker aufspielte. Und an den Kritiker, der ihn haßte, weil er ein Bourgeois war, ein Spießbürger, der die Massen nie geliebt hatte. Die Massen. Er dachte an Ortega, der alles begriffen hatte. Andere Zeiten. Inzwischen war die Welt ein Chaos. Aber hier in dieser Wohnung merkte man das nicht. Man spürte nur die Zeit, die wogte, wie Windstöße. Alles zu Ende also? Nein, dachte er, noch war nicht alles zu Ende, seine Geschichte dauerte noch an. Sein Gast aß Ananas, denn inzwischen waren Ananas serviert worden. Er zog das Stück Papier aus der Tasche und sagte: Ich habe ein Madrigal für Sie geschrieben. Er hielt ihr das Blatt hin, und sie machte ein verwundertes Gesicht. Meister, sagte sie, Sie beschämen mich. Lesen Sie es, sagte er. Sie begann diese schlechte Parodie zu lesen und sagte: Es ist großartig. Genau das hatte er hören wollen. Er brauchte großartige Dinge. Gewiß, der Betrug war großartig, die Falschheit war großartig, dank Lucrezia. Es ist Ihnen gewidmet, sagte er und nahm einen Schluck Weißwein. Inzwischen war es Nacht geworden, das war es, was er spürte. Eine kalte, unerbittliche Nacht, die ihm schwer im Herzen lag. Er stand auf und ging mit seinen trippelnden Schrittchen zum Fenster. Die Kirche war noch offen und erleuchtet. Auf dem Platz standen einige wenige Passanten. Kunden, dachte er, es sind Kunden. Und er wußte nicht, was er damit sagen wollte. Ein Beichtvater, dachte er, ob in dieser Kirche wohl ein Beichtvater ist? Es wäre schön gewesen, in eine Jacke zu schlüpfen, hinunterzugehen, das Kirchenschiff zu durchqueren und zum Beichtstuhl zu gehen. Ich bin's, hätte er gesagt, ich bin ein Dichter, die ganze Dichtung, selbst die wahrhaftigste, ist Lüge, erteilen Sie mir bitte die Absolution, ich habe immer nur gelogen. Und dann hätte er gesagt: Und jetzt habe ich noch eine Lüge in die Wege geleitet, eine doppelte Lüge, ich imitiere mich selbst, ich parodiere mich, und es ist mir egal, das heißt, eigentlich macht es mir sogar Spaß. Ich kann dir die Absolution nicht erteilen, hätte der Beichtvater gesagt, das ist eine schwere Sünde, eine Sünde wider dich selbst. Und er hätte geantwortet: Die ganze Dichtung ist eine Sünde wider sich selbst, verstehen Sie, mein ganzes Leben lang habe ich mich geopfert, ich habe mich aufgegeben, ich habe wider mich gesündigt. Und das hätte er in der menschenleeren Kirche gebrüllt, so laut, daß der Beichtvater den Beichtstuhl verlassen hätte. Mein Sohn, hätte der Beichtvater gesagt, ich verstehe dich nicht. Und da hätte er noch lauter geschrien, aber wie merkwürdig, je lauter er brüllte, um so weniger konnte er seine Stimme verstehen, seine Stimme war zu einem Brummen geworden, unter das sich herzzerreißende Schreie mischten, und dann begann er, hingebungsvoll und leidenschaftlich zu singen. Ja, genau, genau das hätte er getan, er hätte begonnen, Verdis *Requiem* zu singen, und mit diesem Requiem hätte er allen, den Anwesenden und den Abwesenden, den Lebenden und den Toten, und vor allem sich selbst, die Absolution erteilt. Und nach dem Singen hätte er das Kirchenschiff durchquert, wäre hinaus- und über den Platz gegangen, er wäre ins Haustor getreten und wieder in seine Wohnung zu der blonden Dame hinaufgegangen, die mit einem Stück Ananas auf der Gabel auf ihn wartete, und er hätte zu ihr gesagt: Man hat mir die Absolution erteilt, jetzt kann ich Ihnen mein Gedicht geben.

Ich habe dieses Madrigal für Sie geschrieben, wiederholte er. Sie sah ihn eindringlich an, flüsterte ein paar unverständliche Silben, und in ihren Augen glänzte eine Träne. Sie ist wirklich dumm, dachte er, ich habe wirklich eine gute Wahl getroffen. Und zugleich bereute er es, es erschien ihm allzu einfach. Wenn sie wenigstens intelligent gewesen wäre, intelligent und etwas hinterhältig, wenn sie jene bittere Intelligenz besessen hätte, die es erlaubt, das Böse der Welt zu verstehen. Aber sie war eine Frau, die sich ihm gegenüber unterwürfig verhielt, die bereit war, ihm zu glauben, sie besaß eine unterwürfige Intelligenz, genau das, eine Intelligenz, die an das Schöne glaubte. Er fragte sie: Glauben Sie an das Schöne, meine Liebe? Die Frau sah ihn wie benommen an und suchte nach einer Antwort. Er spürte, daß sie völlig verwirrt war. Meister, wiederholte sie, Sie beschämen mich. Und dann gestand sie: Ich liebe die Poesie, aber ich bin eine praktische Frau. Das erleichterte ihn. Eine praktische Person! Endlich eine praktische Person! Wenn sie eine praktische Person war, war ihre Intelligenz nicht völlig unterwürfig, dann war sie in der Lage, der Welt die Stirn zu bieten, zu handeln! Er nahm ihre Hand und sagte: Danke. Sie sah ihn noch verwirrter an und sagte: Ich danke Ihnen, Meister, aber sagen Sie mir: Warum ausgerechnet ich? Er blickte zur Decke und zündete sich eine Zigarette an. Meine Liebe, hätte er gern gesagt, dir das zu erklären wäre zu umständlich und zu kompliziert, ich werde dir also die praktischen Gründe nennen. Weil Sie schön sind, sagte er, sensibel und praktisch, diese drei Gründe genügen mir. Aber was soll ich damit tun, fragte sie. Das erkläre ich Ihnen nach dem Kaffee, sagte er. Ja, heute abend würde er sich einen schönen Kaffee gönnen. Und er würde eine schöne, schlaflose Nacht verbringen, aber eine schlaflose Nacht würde er sowieso verbringen. Und außerdem wollte er an Lucrezia und an Lydia denken, er würde ihnen alles erzählen, aber vielleicht wußten sie es bereits, dort, wo sie waren, war alles deutlich sichtbar. Rita brachte den Kaffee auf einem Silbertablett. Immer tadellos, die gute alte Rita. Sie sah etwas beleidigt drein und fragte, ob sie den Kaffee im Arbeitszimmer servieren solle. Er nickte und faltete seine Serviette. Er stand auf und setzte sich mit seinen zittrigen Schritten in Bewegung, während ihm die Frau mit ihren weit ausholenden Schritten folgte. Er überlegte sich, wie er es ihr sagen sollte, und er beschloß, daß es am besten war, in aller Offenheit und mit Sinn fürs Praktische zu sprechen, da sie ja eine praktische Frau war. Aber jetzt fragte sie, ob sie das Madrigal noch einmal lesen dürfe, und er sagte, ja, gewiß, sie müsse es tun. Sie begann zu lesen, und er trat ans Fenster. Das Kirchenportal war verschlossen, der Platz war leer. Möglicherweise bemerkt sie es, dachte er, sie ist nicht so dumm, es nicht zu bemerken. Er drehte sich um und sah sie an. Auch sie sah ihn an, mit glänzenden Augen. Es ist wunderschön, sagte sie, es ist ein wunderschönes Madrigal. Und er verspürte aufs neue Lust, Verdis *Requiem* zu singen, er sang es lautlos, und er genoß jede einzelne Note, es war schön, sich die Absolution erteilen zu lassen und zu sündigen, anstatt zu sündigen und sich die Absolution erteilen zu lassen, denn die Absolution muß vor der Sünde kommen, es muß eine vorausgehende Absolution geben, eine vorbeugende Vergebung. Das ist das erste von zwanzig Gedichten, sagte er, ich habe zwanzig geplant und werde sie alle für Sie schreiben. Hören Sie mir gut zu, meine Liebe, ich werde Ihnen diese zwanzig Gedichte geben, bevor ich sterbe, und Sie werden sie nach meinem Tod veröffentlichen, fünf pro Jahr, vier Jahre lang: Sie werden jedes Jahr eine Pressekonferenz geben und fünf Gedichte veröffentlichen. Ich möchte, daß Sie die besten Kritiker und die raffiniertesten Journalisten um sich scharen, kurz und gut, ich möchte ein bedeutendes Publikum, dann können Sie ein kleines Bändchen daraus machen, wenn ich schon tot bin, sind Sie dazu in der Lage? Sie stand auf und rang die Hände wie ein kleines Mädchen. Meister, sagte sie, Sie können sich auf mich verlassen. Und da sagte er kühl: Entschuldigen Sie mich, ich bin müde, ich muß mich jetzt niederlegen, ich wünsche Ihnen eine gute Nacht. Er begleitete sie mit seinen trippelnden Schrittchen an die Tür und nahm dabei mit Beunruhigung ihren weit ausholenden Gang wahr. An der Tür küßte er ihr die Hand. Er wartete, bis der Aufzug oben war, und blieb im Vorzimmer stehen, bis er hörte, daß der Aufzug im Erdgeschoß angekommen war. Er war schon auf dem Weg in sein Zimmer, als die Gegensprechanlage läutete. Sie war es. Die Forelle, die zwischen den Steinen hin und her flitzt, erinnert mich an dein Leben, sagte ihre schöne junge Stimme, und sie legte wieder auf. Einen Augenblick lang blieb er in Gedanken versunken stehen. Sie hat verstanden, dachte er, endlich hat sie verstanden. Oder vielleicht auch nicht, wer weiß, vielleicht war es wieder nur ein einfaches Zitat. Ach, wenn sie wenigstens verstanden hätte, dachte er. Er lächelte.

Vielleicht würde er jetzt das *Requiem* singen. Confu-tatis male-dictis, trällerte er leise. Er ging in sein Zimmer. Lucrezia und Lydia erwarteten ihn.

Silvester

I.

Durch das dicke Glas der Taucherglocke sah er, wie Kapitän Nemo sich mit der Axt einen Weg durch den Algenwald bahnte und ihm einen Wink gab, er solle ihm durch die enge Korallenschlucht folgen, die sich zwischen den wogenden Gräsern auftat. Er verspürte eine große Müdigkeit und hatte Mühe, die Füße mit den schweren Bleischuhen daran zu bewegen, aber er überwand sich und ging weiter. Der enge Schlauch aus Korallen, der von unzähligen Krustentierchen und Schnecken übersät war, mündete in eine große Grotte, von deren gewölbtem Dach bizarre Korallen-Stalaktiten herabragten. Kapitän Nemo machte die Lampe an, die er in seiner Linken hielt, und der gelbliche Strahl durchbrach die Dunkelheit der Meerestiefe. Er dachte, das Licht der Ruhmkorffgeräte würde irgendein Ungeheuer anlocken, das in diesen dunklen Regionen der Welt hauste, aber er sah nur Schwärme merkwürdiger

Fische, die aufgescheucht und ängstlich davonstoben. Plötzlich blieb Kapitän Nemo stehen. Vor ihnen erhob sich eine mächtige Felswand: ein Haufen riesiger Granitblöcke, am Fundament durchlöchert von unzähligen Grotten. Als wäre er unschlüssig, welchen Weg er nehmen solle, ließ Kapitän Nemo den Lichtstrahl über die Öffnungen gleiten, fast als könne er daran ein Zeichen oder einen Hinweis erkennen. Dann betrat er entschlossen einen Tunnel, der halb verborgen zwischen den Algen lag und steil in die Tiefe führte. Das Licht des Leuchtstabes erzeugte magische Effekte auf der rauhen, unebenen Oberfläche der rosa Korallen, auf den kleinen Bäumchen und Büscheln aus Kalkgestein, auf den Verästelungen, die so lichtdurchlässig waren wie merkwürdige Kristallgläser. Endlich, nachdem sie einen langen Weg in dem abschüssigen Tunnel zurückgelegt hatten, spürte er, daß er wieder ebenen Boden unter den Füßen hatte. Er warf einen Blick auf das Gerät an seinem Handgelenk und stellte fest, daß sie sich in fünfhundert Metern Tiefe befanden. Dies war das Reich unendlicher Wälder und großer mineralischer Pflanzen, riesiger versteinerter Bäume über einem gleißenden Teppich aus Orgelkorallen und Nelkengewächsen. Kapitän Nemo blieb stehen. Sie befanden sich mitten auf einer großen Lichtung zwischen den hohen Pflanzen des Waldes. Ihre Lampen erzeugten in diesem Raum ein dämmeriges Licht, das die Schatten auf dem Boden überdimensional erscheinen ließ. Am Rand der Lichtung herrschte tiefes Dunkel, hier waren nur winzige Funken zu sehen, die von den lebenden Spitzen der Korallen aufgefangen wurden. Mitten auf der Lichtung, auf einem Sockel aus unordentlich aufgetürmten Felsblöcken, erhob sich ein Korallenkreuz mit langen purpurnen Armen. Kapitän Nemo bedeutete ihm, er solle näher kommen. Er glaubte auf den Lippen seines Führers hinter der Taucherglocke einen Ausdruck der Verachtung oder des Mitleids zu bemerken. Ängstlich und verlegen blieb er stehen, aber die auffordernde Geste Nemos duldete keinen Widerspruch. Schüchtern ging er weiter, widerwillig und mit dem Gefühl, ein Sakrileg zu begehen. In der Mitte des Kreuzes befand sich ein ovaler Rahmen mit einem Foto darin, das an den Rändern schon etwas verblaßt war: Sein Vater, in brauner Uniform, mit der Pistole an der Hüfte, salutierte mit ausgestrecktem Arm auf immer und ewig vor den Meerestiefen, die vor ihm lagen. Zuerst wäre er am liebsten davongelaufen, um seinem Schmerz freien Lauf zu lassen, ohne dabei von seinem Freund beobachtet zu werden. Aber in diesem Augenblick spürte er, daß ihm Nemo die Hand auf die Schulter legte. Er drehte sich um und sah, daß das Gesicht, das er bisher nur unerschütterlich und kaltblütig gesehen hatte, von Schmerz überwältigt war, daß seine Augen naß vor Tränen waren. Da begriff er, wie sehr Nemo ihn liebte, und verspürte das Bedürfnis, ihn zu umarmen, sich an diese väterliche Brust drücken zu lassen und weinend seinen kindischen Schmerz zu vergessen. Aber Nemo hatte sich bereits wieder gefaßt und wies mit der Hand auf den Sauerstoffpegel, der rasch fiel. Sie hatten nicht mehr viel Zeit, zur *Nautilus* zurückzukehren: und außerdem spürte er, daß ihm Nemo noch etwas anderes zeigen wollte. Er nahm sich zusammen und folgte ihm an den Rand der Lichtung, wo die monströsen Arme der steinernen Bäume gespenstisch in die Höhe ragten. Das Gelände stieg hier steil an, unregelmäßige, breite Korallenstufen, die zu den Rändern hin ausfransten, führten nach oben. Vor ihnen, zwischen den Felsen, die von der üppigsten Meeresflora bedeckt waren, lag eine Grotte. Nemo betrat sie und bedeutete ihm, zu folgen. Bald hatten sich seine Augen an die neue Umgebung gewöhnt, die vom Strahl der Ruhmkorfflampen erhellt wurde. Warum schleppte ihn sein Führer ans Ende dieser Unterwasserkrypta? Das fragte er sich, aber da blieb Nemo schon stehen und zeigte ihm ein faszinierendes Schauspiel: eine außergewöhnlich große Auster, deren Durchmesser gewiß mehr als zwei Meter betrug. Mit ihrem Haftfaden klebte sie an einer Granittafel, die im ruhigen Gewässer lag. Die Muschelschalen waren halb offen, wie zwei Lippen, die im Schlaf atmeten. Kapitän Nemo näherte sich und steckte sein Messer in den Spalt, dann hob er mit der Hand die an den Rändern ausgefranste Membram an, die den Mantel des Tieres bildete. Da öffneten sich langsam die Muschelschalen, und er sah, eingebettet in das schleimige Fleisch der Molluske, seine Mutter, im Strahl der Ruhmkorfflampe weißlich schimmernd wie eine Perle, die mit den Händen ihre Nacktheit zu verbergen suchte und sang. Am liebsten hätte er sie zugedeckt, sie den monströsen Muschelschalen entrissen und mit auf die *Nautilus* genommen, er hätte sie gerne gefragt, wie es möglich war, daß sie sich hier so lange versteckt hatte, und wie sie singen konnte, mit all dem Wasser, das ihr in den Mund floß: Aber in diesem Augenblick begannen die Muschelschalen sich wieder langsam und unerbittlich zu schließen, und eine Meeresströmung, die sich aus irgendeiner Schlucht befreit hatte, begann gegen das Glas seiner Taucherglocke zu pressen, sie mit ungeheurer Wucht zu bedrängen. Schwankend blieb er in der Dunkelheit stehen, bis er Nemos feste Hand spürte, die ihm den Bleigürtel löste, damit er auftauchen konnte, und währenddessen rauschte die Strömung in seinen Ohren.

2.

Er hörte, wie das Wasser gegen die Fensterscheibe klatschte, und hatte das Gefühl, daß es spät war.

Im Sommer dagegen stand er sehr früh auf: Um sechs drang die Sonne durch die Fensterläden und zeichnete eine orangenfarbene Treppe auf die hintere Wand. Es machte ihm Spaß, lautlos aufzustehen, mit bloßen Füßen über den Boden zu gehen und sich ans Fenster zu stellen, das auf den Park ging, hinter den leichten Vorhang, den der Morgenwind bauschte wie ein Segel. Am Dunst, der sich dicht über dem Boden, über der Matratze aus Piniennadeln bewegte, erkannte man, ob es ein heißer Tag werden würde. Von hier oben gesehen war die Macchia zu dieser Stunde eine dichte dunkle Masse, über der die dunkelgrünen Wipfel der Pinien wogten. Zu dieser Stunde kamen die Fasane zum Fressen, sie liefen über die Lichtung zu dem kleinen Stall, in dem sich die Krippen befanden, die Corrado jeden Abend mit Mais füllte. Sie kamen fast immer paarweise, das Weibchen ein paar Meter weiter vorne, flink und aufrecht, mit schnellem Rucken des Kopfes; das Männchen langsamer, wie widerwillig, torkelnd und mit langem, feuchtem Schwanz, der über das Gras schleifte. Sie hüpften auf den Rand der steinernen Krippe und begannen schnell zu picken, ohne den Kopf zu heben, zur Eile gedrängt von der Sonne, die über den Pinienwipfeln aufging. Nachts kamen auch Wildschweine, aber er hatte noch nie eines gesehen. Es waren Einzelgänger, vier oder fünf, die das Rudel ausgestoßen hatte, sie waren im Kampf besiegt worden oder einfach von Natur aus Einsiedler: vielleicht magere, alte und verrückte Eber, die äußerst schlau waren, die einzigen, die bei den Treibjagden davonkamen, weil sie imstande waren, sich einen ganzen Tag lang in einem Dornengestrüpp zu verstecken, ohne Angst zu bekommen, gleichgültig den hysterischen Hunden gegenüber, die ringsherum wütend bellten. Einmal jedoch hatte er einen jungen Damhirsch gesehen, der scheu und ängstlich, ohne Deckung, am Rand der Lichtung dahintrabte, vom Geruch des Fressens angezogen, es jedoch nicht wagte, bis zu den Krippen zu laufen.

Er zog sich vom Fenster zurück und begann mit seinem morgendlichen Ritual, wobei er versuchte, die alten familiären Gewohnheiten mit den Handgriffen des Aufstehens zu verbinden, wie er sie eben erst im Internat gelernt hatte. Zuerst die Hygiene, lautete die Anordnung des Präfekten. Und er gehorchte den Anweisungen auch in der Ferne. Er öffnete den Nußbaumschrank, in dem das kleine Waschbecken versteckt war, rieb sich das Gesicht mit kaltem Wasser ab, kämmte sich, putzte sich die Zähne. Er ließ nur einen ganz dünnen Wasserstrahl laufen, um seine Mutter nicht aufzuwecken, deren Bett auf der anderen Seite der Wand mit dem Kopfende direkt auf der Höhe des Waschbeckens stand. Während er sich mit geschlossenen Augen das Gesicht wusch, gelang es ihm, sie sich vorzustellen, wie sie allein in dem großen Himmelbett mit den gedrechselten Säulen lag, die langen Haare offen auf dem Kissen, in einem rosa Nachthemd mit Rüschen um den Hals, das sie aussehen ließ wie die altmodischen Damen in seinem Geschichtsbuch. In seiner Phantasie lief er auf Zehenspitzen durch das Halbdunkel des Zimmers, in dem die dicken Vorhänge aus dunkelblauem Samt das Licht abhielten, das durch die Balkontür fiel. Das kleine Toilettentischchen mit dem Spiegel und dem Hocker, der mit besticktem Atlas bezogen ist, ist vollgestellt mit Flakons und Bürsten, die Haarnetze hängen an den kleinen Knäufen an den Ecken, weich wie alte Spinnweben. Auf der Marmorplatte der großen Kommode der Krimskrams, den er seit eh und je kennt: die chinesische Vase, die Petroleumlampe; dazwischen die beiden Porträts in den Silberrahmen, die einander gegenüberstehen und sich ein zeitloses Lächeln zuwerfen: links der Vater und die Mutter, er umfaßt mit der Hand ihre Taille, sie lachen inmitten von Tauben, eine Taube sitzt auf der flachen Hand der Mutter; dahinter ist San Marco, funkelnd im hellen Licht, das die Platte festgehalten hat wie einen blendenden Schein. Quer über den rechten Schuh der Mutter mit den zwei Bändchen, die sich über dem Knöchel kreuzen, läuft das mit Tinte geschriebene Datum: *Venedig, 12. April 1941.* Es ist der Körper einer jungen Frau, schlank, mit beinahe noch ungewissen Formen, der weite Mantel fällt leicht über die runden Schultern, und das Gesicht ragt aus einem Fuchspelz, der um ihren Hals liegt und dessen Schwanz von einem kleinen vertrockneten Katzengesicht mit einem Metallhaken zwischen den Zähnen festgehalten wird. Zwei Gesichter, nebeneinander festgehalten: die spitze Schnauze des Tieres scheint eine Zuflucht gefunden zu haben in den hellen, herabfallenden Haaren, die ein breites und noch kindliches Gesicht umrahmen, auf dem das Lächeln von der Kamera in seiner Endphase festgehalten worden ist, als es bereits erstirbt und der gewohnten Schlaffheit der Züge weicht, einer melancholischen und sentimentalen Gleichgültigkeit, wie sie die Augen zum Ausdruck bringen, die irgend etwas hinter dem Objektiv fixieren, vielleicht den Kanal oder die fliegenden Tauben.

Den anderen Arm hat der Vater in die Seite gestemmt, eine starre, fast militärische Haltung, die breitgestreifte Krawatte ist in den Hosenbund geklemmt, und da sie stark gespannt ist, läßt sie die hagere Gestalt des Vaters, der sich etwas zur Seite neigt, um seine Frau zu umarmen, aufgrund eines optischen Effekts noch aufrechter erscheinen. Aus der Manteltasche schaut eine gefaltete Zeitung hervor, aber der Titel läßt sich nicht entziffern. Auf dem Gesicht des Mannes liegt ein Ausdruck von Hast, fast als wolle er dem Fotografen höflich zu verstehen geben, er solle sich beeilen: möglicherweise fährt der Vaporetto gerade ab; ein paar Meter hinter dem Fotografen stehen die fertig gepackten Koffer, die Rechnung bei Danieli ist bereits bezahlt, und während sie so in der Sonne auf und ab gehen und auf den Vaporetto warten, haben sie plötzlich die Idee, sich fotografieren zu lassen, lachend inmitten der vielen Tauben: Aber während sie sich in Positur werfen und der Fotograf sich umständlich an die Arbeit macht, ist es spät geworden, der Vaporetto hat qualmend die andere Seite des Kanals verlassen und wird in wenigen Minuten den Steg erreichen. Sie müssen sich beeilen, bezahlen, dem Fotografen die Adresse geben, das Gepäck nehmen und rennen, um den Morgenzug nicht zu versäumen, zu Hause werden sie zum Abendessen erwartet, der Bürgermeister und der General des Vaters sind eingeladen; ein Offizier hat keine Zeit für lange Flitterwochen, für Fotos, Tauben, Venedigaufenthalte.

Es genügten ein paar Zentimeter aus Marmor, und schon hatte er die Jahre zurückgelegt, die den Vater vom Foto gegenüber trennten. Statt Venedig bildet nun ein Seeufer den Hintergrund, mit einer unscharfen Villa in der Ferne. Der Vater ist ein dünner Soldat mit einem braunen Hemd und einem Ledergürtel quer darüber, er hat die Fäuste in die Seiten gestemmt und trägt Überfallhosen. Die dichten, lockigen Haare sind noch so jugendlich wie auf dem anderen Foto; doch die wehmütigen Augen blicken ins Leere: als ob sie hinter dem Objektiv, das sie fotografiert, die Landschaft einer Hochzeitsreise suchten, die sie allzu schnell verlassen haben, um sich in diesem von einer dunkelblauen Schrift besiegelten Bild einzuschließen: *Aus dem heroischen Salò wie immer in Liebe. Lapo.*

Um den Kreislauf anzukurbeln, rubbelte er sich

energisch den Hals mit dem Frotteehandtuch ab. Wenn er das Ohr an die Wand legte, könnte er den Atem seiner schlafenden Mutter hören. Dann zog er sich eilig an, kämmte sich die Haare, warf einen Blick auf das Bild über dem Bett mit dem Gedicht von Kipling und öffnete die Tür. Im Korridor, der im Halbdunkel lag, war kein Laut zu hören. Er ging schnell und vorsichtig und achtete darauf, nicht von dem weichen Läufer abzukommen, der bis zur Treppe führte. Draußen strahlte der mediterrane Sommer, und vom Treppenabsatz her kam der verlockende Duft der Aprikosen, die Flora in der Vorratskammer lagerte, um daraus Marmelade und Eingemachtes zu kochen. Ungeduldig betrat er nun die Treppe, nahe daran, den Zwang, den er sich auferlegt hatte, zu durchbrechen: keinen Blick auf die kleine Tür des Zimmers zu werfen, das sich am unteren Ende der Treppe zum Dachboden befand. Im Sommer beachtete er es überhaupt nicht. Denn im Sommer war es einfach eine dunkle Kammer voller alter Möbel, und Kapitän Nemo wohnte noch nicht darin.

3.

Er ließ den Blick durch das halbdunkle Zimmer schweifen und nahm träge den Krimskrams auf den Möbeln und die Stiche an den Wänden wahr, die langsam sichtbar wurden, während sich seine

Augen ans Aufwachen gewöhnten. Er verweilte bei den Flecken auf dem Verputz an der Decke, mit deren Hilfe er sich schon so oft unglaubliche Geschichten ausgedacht hatte, mit Rittern und Korsaren, und in denen er nun keine Gesichter mehr erkennen konnte. Er versuchte, auf die Geräusche im Haus zu lauschen, um festzustellen, ob schon jemand wach war und wie spät es sein könnte, aber er hörte nur harte, regelmäßige Schläge, die aus dem Erdgeschoß kamen. Vielleicht war es Flora, die in der Küche Holz hackte. Er dachte wieder an den Sommer, während er in die Küche hinunterging, wo Flora Kartoffeln schälte und er Milchkaffee aus einer Emailtasse trank, auf der sich auf der einen Seite die Abbildung eines Fischerbootes befand, das einen an einer Harpune befestigten Wal hinter sich herzog, und auf der anderen das rüstige Gesicht eines alten Matrosen mit rundgeschnittenem weißen Bart, einer dunkelblauen, schief sitzenden Mütze und dem dünnen Rohr einer kleinen Pfeife zwischen den Zähnen. Flora, schwerfällig und mürrisch und wie immer schwarz gekleidet, machte sich schweigend am Ofen zu schaffen und kümmerte sich nicht um ihn. Dies waren die Augenblicke, in denen er sich im Haus herumtreiben konnte, wie es ihm gefiel, denn seine Mutter würde vor Mittag nicht aufstehen, und Onkel Jacopo stand manchmal nicht einmal zum Mittagessen auf: Er blieb im Bett zwischen den Kissen, und Flora brachte ihm das Tablett ins Zimmer. Da schlich er dann heimlich in die Bibliothek, schloß die Tür hinter sich und öffnete die schweren Vorhänge einen ganz kleinen Spalt, um etwas Licht hereinzulassen. Verwirrt ging er an der imposanten Reihe der scharlachroten Bände der Kirchengeschichte entlang, entzifferte mühsam die Schrift auf den verwitterten Buchrücken der Familienchronik, blieb vor den in Gold gebundenen Büchern stehen, vor den Gothas und den Wappenkunden, ging um den ockerfarbenen Globus herum, auf den eine unbekannte Kinderhand irgendwann einmal mit ungelenker Schrift einen Pfeil gezogen hatte, der parallel zur Aufschrift *Mer Tyrrhénienne* verlief und an der toskanischen Küste endete, mit einem alten Namen daneben: Duccio. Duccio, wie er: ein anderer Duccio, früher einmal ein Kind, verlorengegangen in der Zeit, jetzt vielleicht eines der vielen finsteren und senilen Gesichter, die entlang der Treppe hingen. Er ließ die Weltkugel mit schwindelerregender Geschwindigkeit kreisen, bis die Namen verschwanden und die Meere und die Länder und alles zu einem gelblichen Fleck verschmolzen. Dann trat er neugierig an den kleinen Schreibtisch unter dem Fenster und blieb unentschlossen und sehnsüchtig stehen zwischen den *Polarexpeditionen*, dem *Führer durch das italienische Ost-Afrika*, den *Reisen des Antoniotto Usodimare*, zwischen *In Schwarzafrika* und *Zwanzigtausend Meilen unter dem Meer*.

Er dachte: Ich zähle bis zehn, dann stehe ich auf. Er begann langsam zu zählen und streckte dabei jeweils einen Finger unter dem Laken aus. Aber als er bei zehn angelangt war, spürte er eine warme Trägheit und absolut kein Verlangen aufzustehen.

4.

Er dachte an früher, als man ihn noch Cino nannte.

»Cino, es ist Zeit, ins Bett zu gehen.«

Er begann die Treppe hinaufzugehen. Er achtete nicht auf die Augen der Greise, die den Treppenabsatz bewachten. Unter ihnen war ein furchterregender Greis mit einem Bart und einem weißen Pelz um den Hals. Der Korridor war unglaublich lang und endete unter den Baumkronen. Es war ein Sommer mit ewigem Vollmond. Von der Terrasse kam der Klang des Grammophons, und die Zikaden zirpten, zirpten. Ein Schritt auf ein weißes Sechseck, ein Schritt auf ein schwarzes Sechseck. Wehe, wenn man auf die falsche Kachel trat, der Schutzengel folgte ihm. Er drehte sich mit einem Ruck um, doch es gelang ihm nie, ihn zu ertappen. Aber er hörte das Rauschen der Flügel. Oder war es sein kalter Atem im Nacken? Es fröstelte ihn, und er bekam eine Gänsehaut. Wie war der Engel Duccio? War er jung, war er alt, war er gemeinsam mit ihm geboren, war er bereits der Schutzengel eines anderen Duccio gewesen, der jetzt tot war? Er würde versuchen, ihn im Spiegel zu sehen. Man sollte nie mit dem linken Fuß ein Zimmer betreten: sonst würde er von seinem Vater auf dem Grunde des Sees träumen. Zwischen den Gräsern am Grund, mitten in einem Schwarm von Hechten. Hechte beißen mit spitzen Zähnen. Am Sandstrand hatte ein Hecht einem Fischer in die Hand gebissen; du mußt saugen, hatte Onkel Jacopo gesagt, und dem Fischer war das Blut in den Mund geschossen, und er spuckte es auf den Sand. Die Partisanen hatten ihn in den See geworfen, aber da war er schon tot. Flora hatte es der alten Matratzenflickerin erzählt, flüsternd. Aber er hatte es trotzdem gehört, weil er so tat, als schlafe er mit dem Kopf auf dem Tisch.

Während er sich auszog, betrachtete er sich verstohlen im Spiegel: Engel Duccio konnte nicht alle seine Bewegungen so genau vorausahnen, vielleicht würde er sich überraschen lassen. Er mußte schnelle und unvorhersehbare Bewegungen machen. Wie war er? Hatte er geschlossene Augen? Hatte er blaue Augen? Hatte er schlechte Zähne? War er genauso gekleidet wie er? Und wenn er nackt war, war dann auch Engel Duccio nackt? In den Bäumen saß eine Zwergohreule, sie wartete darauf, daß das Licht im Fenster ausging, um ihren Ruf ertönen zu lassen. Hört man noch, wenn man tot ist? Hörte sein Vater die Hechte um ihn herum? Folgen die Schutzengel den Menschen auch ins Wasser? Gab es da einen Engel, inmitten der

Hechte, der seinen Vater an den Haaren hielt? Die Pantoffel standen unter dem Bett, es war besser, nicht danach zu greifen: Vielleicht war darunter eine Hand mit Hechtzähnen, die einen dann packte und hinunterzog? Er ging barfuß durch das Zimmer. Er konnte sich ja auch aufs Bett knien, er mußte sich nicht unbedingt auf den Teppich knien: Das Gebet galt auch so. Man mußte es dreimal sagen, mit gesenktem Blick und gefalteten Händen. Jesus, Josef, Maria, beschützt meine Seele. Jesus, Josef, Maria, nehmt meine Seele auf. Jesus, Josef, Maria, ich schenke euch meine Seele. Die Flecken an der Decke waren Ritter, jeden Abend befanden sie sich an einem anderen Platz. In der Ecke war ein Ritter, der auf einem Auge blind war, trotzdem war er mutig und kämpfte. Nachdem er den birnenförmigen Lichtschalter gedrückt hatte, mußte er schnell die Hand unter das Laken stecken. Die Eule begann zu klagen. Wenn er den Kopf unter das Laken steckte, hörte er sie kaum, wie ein Schluchzen in der Ferne.

Schluchzen Schluchzen
Baum gehauen
Rebe raus
du mußt nach Haus.

5.

Er legte das Buch geöffnet auf die Bettdecke und ließ den Blick über die Zimmerdecke schweifen. Der prasselnde Regen hatte aufgehört, es war nur noch das regelmäßige Geräusch der Wassertropfen zu hören, die von der Dachrinne in die Terrakottaschale auf der Terrasse herabfielen.

Aus der Flut der Erinnerungen, die er bis jetzt mühsam mit der Lektüre eingedämmt hatte, tauchte ein heftiger Jasminduft auf. Es war der Duft eines Sommers, in dem er gelernt hatte, daß die Zikaden zirpen und daß Gott im Himmel, auf Erden und überall ist.

6.

Graf Tullio war groß, hatte glänzende Haare und trug zum blauen Sakko ein getupftes Seidentuch. Er tätschelte ihm den Kopf und sagte dabei, Hallo, mein Lieber, und brachte immer einen Strauß Blumen in Zellophan mit. Er sagte, es sei göttlich, auf der Terrasse zu Abend zu essen, und der Park sei sublim. Seine Mutter lachte häufig während des Abendessens, und das Grammophon spielte Walzer. An heißen Tagen zirpten die Zikaden manchmal bis in die Nacht hinein.

»Aber die Musik der Natur ist die schönste Musik«, sagte Graf Tullio. »Mein Junge, weißt du, was für ein Geräusch die Zikaden machen? Sie zirpen. Sie zirpen. Und weißt du, was das bedeutet? Daß sie verliebt sind. Und sie leben nur einen Sommer lang.«

Da stand seine Mutter auf und lehnte sich an die Brüstung. Sie sagte, der Duft des Jasmins mache sie schwindlig, und sie hatte glänzende Augen.

7.

Aus welchen Tiefen seiner Erinnerung kam eine Stimme, die schrie: »Das Kellergeschoß«? Er schloß die Augen. Nein, Flora war es nicht. Flora sagte nur: Keller. »Ich lagere die Kartoffeln nicht gern im Keller, es gibt dort Mäuse.« (Sie unterhielt sich im Stall mit der alten Matratzenflickerin, während sie im Waschtrog die Wäsche spülte; er war gekommen, um sich die Jungen von Corrados Kaninchen anzusehen.) »Und außerdem ist mir dieser Ort unheimlich. Nachdem das damals passiert war, mußte ich aufwaschen, die Wände waren alle besudelt, vollgespritzt bis zur Decke. Danach habe ich getüncht, aber ein paar Flecken sind wieder aufgetaucht, wenn man nichts weiß, könnte man sie für Feuchtigkeit halten. Aber ich brauche sie nur anzusehen, und mir wird übel. Schau, sogar zum Wäschewaschen geh ich den Weg bis hierher, aber so bin ich wenigstens an der frischen Luft.«

Hinter der Dunkelheit der Lider, in der Dunkelheit der Nacht, schrie eine Stimme. »Ins Kellergeschoß! Bringt sie ins Kellergeschoß!« Er war aufgestanden und ans Fenster getreten. Er hörte Schritte auf dem Kies und das Brummen eines Motors. Er trat ganz dicht an die Holzbrettchen der Fensterläden heran, sah durch die Spalten aber nur die Wipfel der Bäume. Da zog er einen Stuhl ans Fensterbrett, und jetzt konnte er hinuntersehen. Das Bild verlor an Schärfe. Ja, ein Lastwagen, Lichtkegel in der Dunkelheit des Parks. Soldaten mit glänzenden Helmen. Regnete es? Gewehre. Fremdländische Worte. Die Männer stiegen aus dem Lastwagen, einer nach dem andern. Ein Soldat stieß sie mit dem Gewehr vorwärts. Dann hörte er schreien: »Ins Kellergeschoß! Bringt sie ins Kellergeschoß!« Da war ein Mann mit Regenmantel und ins Gesicht gezogenem Hut. Er hatte die Hände in den Manteltaschen. Hatte er geschrien? War es der Vater? Er spürte, daß seine Füße eiskalt waren. Der Lastwagen verschwand in der Macchia, er sah die Lichtkegel, die den Baumstämmen Säbelhiebe versetzten. Er ging wieder ins Bett. Es war still. Er war müde. Das Bett war noch warm. Dann hörte er den Schrei seiner Mutter, einen hohen Schrei, einen einzigen.

Oder war alles ein Traum gewesen?

8.

»Lieber Nemo,
ich werde nie jemandem verraten, wo Du Dich versteckst, ich kann ein Geheimnis für mich behalten. Auch ich habe viele Geheimnisse, die niemals jemand erfahren wird, vielleicht werde ich sie Dir verraten. Aber Du brauchst Dich nicht zu fürchten. An dem Tag, als ich durchs Schlüsselloch geschaut und Dich gesehen habe, habe ich gedacht, es sei ein Wunder oder ein Traum. Du hast neben einer kleinen Kommode gesessen und Deine Seekarten gelesen, mit einer Haarlocke in der Stirn, das Kinn auf die Hand gestützt. Dann hast Du den Kopf gehoben und zur Tür geschaut: Vielleicht hatte ich ein kleines Geräusch verursacht, und Du hattest es gehört. Und dann hast Du mir zugelächelt. Ist es wahr, daß Du mir zugelächelt hast? Und wie hast Du erraten, daß ich hinter dem Schlüsselloch war und Dich beobachtete?

Nemo, mein lieber Nemo, manchmal stelle ich mir vor, daß Du wegen mir gekommen bist. Ja, warum sonst wärst Du ausgerechnet hier an Land gegangen, an dieser Stelle des Globus, wo ein Tintenpfeil über dem Meer auf das zweite R des Namens Etrurien zeigt? Und ich sage mir, daß das nicht möglich ist; irgend etwas, von dem ich nichts weiß, muß Deine Irrfahrten unter Wasser gerade an dieser Stelle der Weltkugel unterbrochen und die *Nautilus* am Ufer dieser Gegend angehalten haben.

Und wenn das so ist, dann muß ich an das Wunder des Lebens denken, an diesen merkwürdigen Zufall, der dafür gesorgt hat, daß sich meine Zeit und mein Raum und Deine Zeit und Dein Raum überschneiden. Überleg einmal: eine kleine Abweichung, und wir wären einander nie begegnet.

Heute ist der letzte Tag des Jahres. Ich bin hier geboren und habe immer hier gewohnt, abgesehen von der Zeit, die ich im Internat verbringe. Ich weiß nicht, ob Du Gelegenheit hattest, einen Blick auf die Umgebung zu werfen, aber ich stelle mir vor, daß Du in der Nacht gekommen bist und die Gegend nur von den Karten kennst. Ich weiß nicht, ob Du durch die Macchia gekommen bist oder auf den Pfaden durchs Schilf, denn das Meer erreicht man auf dem einen wie auf dem andern Weg. Gewiß ist die Macchia sicherer, auf den Wegen durchs Schilf begegnet man hin und wieder einem Bauern, der am Abend mit dem Fahrrad vom Kino im Dorf oder vom Café heimfährt. Und außerdem gibt es Wachhunde, die einen Mordslärm machen, wenn jemand vorbeigeht, auch wenn sie einem nichts tun können, weil sie angekettet sind. Die Macchia ist dicht und dunkel, immer feucht, mit moosbewachsenen Baumstümpfen und großen Brombeer- und Myrtensträuchern. Aber es gibt einen sicheren Weg, der bis ans Meer führt, und es ist besser, wenn Du ihn für Deine Rückkehr benützt ... den wir benützen, wenn Du willst. Ich habe auf Dich gewartet, Nemo, auch wenn ich es nicht wußte. Und jetzt, wo ich Dir begegnet bin, wo Du hier bist, wo sich unsere Zeit und unser Raum überschnitten haben, werde ich es nicht zulassen, daß Du ins Nichts zurückkehrst, daß Du in der weiten Welt verschwindest. Ich habe Dir so viel zu sagen, so viel, ich muß nur den Mut dazu finden. Das erste wäre ...«

Er knüllte in Gedanken den Brief zusammen, den er in Gedanken geschrieben hatte, und fragte sich, ob er je den Mut finden würde, diese Dinge wirklich zu sagen. Es war wohl schon spät. Er mußte nun wirklich aufstehen.

9.

Er stand auf und zog sich langsam an. Er wusch sich widerwillig das Gesicht, betupfte sich nur eben die Augen mit den Fingerspitzen, und trocknete sich vorsichtig ab, um den rauhen Frotteestoff nicht zu spüren. Er öffnete die Vorhänge und blickte hinaus. Es hatte aufgehört zu regnen, aber in der Luft hing noch immer ein feiner, diffuser Nebel, ein Dunst, der die Scheiben an den Ecken anlaufen ließ. Er ließ seinen Blick über die Wipfel der Pinien bis hin zu den dampfenden Feldern schweifen, auf der Suche nach einem Zeichen in der Landschaft, an dem er die Uhrzeit ablesen könnte. Dann fiel ihm ein, daß man vom Südfenster aus hinter dem Gartentor die Kapelle mit der

Uhr sah, und so erinnerte er sich an die Sommertage, an denen er sich mit Anselmo unterhalten hatte.

Hinter der Ligusterhecke, in der hin und wieder ein Oleanderbusch ein lichtes Wölkchen bildete, verlief die ungewisse Linie der alten Mauer, die den Olivenhain umschloß. Dahinter begannen die Felder des Guts, dort waren die gelben Häuser der Pächter mit den Weinlauben, gespritzt mit Kupfersulfat, das während der Regenfälle im Winter verblaßte und im Frühjahr wieder aufleuchtete: winzige Häuser, die auf die Stille der trockengelegten Ländereien mit dem Gebell der wütenden und traurigen Hunde antworteten, die sich seit Jahren mit dem geringen Auslauf abfanden, den ihnen die an der Wäscheleine auf- und ablaufende Kette gewährte. Dahinter der Anblick der aufeinander zulaufenden, breiten weißen Landstraßen, die sich zum Strand hin verloren, gesäumt von der strengen Phalanx der Zypressen, die im Sommer von Karren und Traktoren mit einer Staubschicht überzogen wurden; nach einem schmalen Streifen dorniger Macchia auf den buckeligen Dünen, wo Schilf und Mäusedorn wuchsen, erreichten sie eine bleiche Küste, die bei der Flußmündung, über der zwei oder drei große runde Netze hingen, zu einem breiten Sandstrand wurde. An dieser Stelle standen die Schilfhütten des Bootsbesitzers und der Fischer, denen Onkel Jacopo erlaubt hatte, hier zu wohnen. Eines Morgens hatte Onkel Jacopo ihn mitgenommen, als er sich auf den Weg machte, um ein Aquarell zu malen. Sie waren mit dem roten Aprilia dorthin gefahren, die Staffelei und den Farbkasten auf dem Gepäckträger.

Diesseits der alten Mauer, noch vor dem Park und den Glashäusern, begannen die Buchsbaum- und Ligusterhecken des von Kieswegen durchzogenen Gartens, die bis zum schwarzen gußeisernen Tor reichten, das direkt an der Landstraße lag. Das Dorf begann direkt auf der anderen Seite der Straße, bei der Steinkapelle, die von einer riesigen Platane voller zugeteerter Löcher überragt wurde, an der das Schild der Autobushaltestelle befestigt war. Anselmo saß auf der Steinbank neben der Kapelle. Er saß an der Kante, weil der feuchte und von Efeu überwachsene Stein von grünem Schimmelpilz zerfressen war. Dank des kühlen Schattens der Platane und des frischen Hauchs, der aus dem Portal der Kapelle wie aus einem Keller wehte, war es hier sogar im August sehr kühl. Es hatte den Anschein, als ob Anselmo immer schliefe, mit ausgestreckten Beinen und dem Stock neben sich: Aber die wachen Augen unter den gesenkten Lidern überließen sich den Erinnerungen. Es mußten Erinnerungen aus dunkler Vorzeit sein, denn Anselmo war alt, der älteste Mann, den er kannte. Seine Hände zitterten, und er ließ die Zigarre im Mund abbrennen, während ihm die Asche auf die Weste fiel. Wenn er am Morgen aufstand, war Anselmo schon an seinem gewohnten Platz. Da schlich er dann auf Zehenspitzen die Treppe hinab, ging durch die noch leere Küche, hob den Riegel des Fliegengitters und trat in die Morgenluft hinaus. Während er über den Kiesweg lief, verschwand Anselmos Hut immer wieder zwischen den Buchsbaumsträuchern am Gartentor und tauchte wieder auf; um schneller an sein Ziel zu kommen, nahm er eine Abkürzung und benützte das Dienstbotentörchen, an dem sich der Griff der Lieferantenglocke befand, der direkt mit der Küche verbunden war und an dem ein abgeschlagenes Keramikschild befestigt war, mit der Aufschrift: *Langsam ziehen*, daneben die Zeichnung einer kleinen Hand mit ausgestrecktem Zeigefinger, der auf den Griff wies. Er setzte sich ans andere Ende der Bank, grüßte und wartete. Wenn Anselmo sprach, sofern er überhaupt sprach, öffnete er nicht die Augen. Und der gelbe, herunterhängende Schnurrbart bewegte sich kaum im Hauch der müden Stimme.

10.

Er nahm ein Blatt und schrieb: Lieber Kapitän Nemo. Dann strich er »Lieber« durch, weil er sich schämte. Dann schrieb er aufs neue über das durchgestrichene Wort: Lieber Kapitän Nemo. Er zerriß das Papier in kleine Stückchen und nahm ein neues Blatt. Er schrieb: Lieber Nemo. Und setzte das Datum ein: *31. Dezember des laufenden*

Jahres. Er zerriß es. Dann nahm er ein drittes Blatt und schrieb: Lieber Nemo. Und als Datum: *letzter Tag des Jahres.* Dann stützte er das Kinn auf die Arme, die er auf dem Tisch verschränkt hatte, und überlegte sich, was er erzählen sollte. Es fiel ihm der letzte Sommertag ein, an dem er beschlossen hatte, daß er den Keller betreten haben mußte, bevor er ins Internat zurückkehrte.

II.

Kein Licht drang durch den Türspalt. Vielleicht schlief er noch. Oder er dachte einfach nach in der Dunkelheit. Er legte ein Auge ans Schlüsselloch, sah aber nur Dunkelheit. Da fiel ihm ein, wie er ihn zum erstenmal gesehen hatte.

Er stand auf dem Rumpf der *Nautilus*, die an der Wasseroberfläche trieb. Er trug einen langen Mantel ohne Kragen mit einer breiten Schärpe um die Mitte, und seine Füße steckten in Lederstiefeln. Im Profil, mit den Haaren im Wind, betrachtete er den Winkelmesser, den er in der Hand hielt, während die Möwen um ihn kreisten.

Er zog den Brief aus der Tasche und warf einen letzten Blick darauf. Auf den Umschlag hatte er geschrieben: *Für N.* Er steckte die Lasche ins Kuvert und ließ es unter der Tür durchgleiten. Auch er glitt leise davon, ging lautlos über den Läufer im Korridor.

12.

Ein Auge des Hasen hing noch, leicht hin- und herbaumelnd, am Schädel, und es tröpfelte auf den Fußboden: karminrote Flecken, kleine Konfetti. Offensichtlich war es nicht abgesprungen bei Floras letztem, heftigstem Riß, der dann nötig ist, wenn das Fell, bereits wie ein Handschuh umgestülpt über dem bläulichen Bauch, den Hals des Tieres würgt und nun mit einem entschlossenen Ruck abgezogen werden muß. In diesem Augenblick lösen sich die Augen, die davor schon aus den Höhlen getreten sind, gemeinsam mit dem abgezogenen Fell. Flora war für gewöhnlich genau und effizient. Sie klemmte den Kopf des Tieres zwischen den Knien fest und zerrte an den Hinterbeinen, wobei der Bauch nach oben zeigte. Sie stach mit der Messerspitze am Anus ein, schnitt schräg in die Haut, ungefähr einen Zentimeter tief, dann machte sie einen sauberen, genauen Schnitt. Der violette Sack der Innereien quoll aus dem reißverschlußartigen Schlitz, der sich immer weiter öffnete hinter der scharfen Messerspitze, die über den Bauch lief wie ein Schlittschuh über das Eis: bis zum Hals. Und dort hielt sie inne. Flora drehte das Tier um, steckte in der Nähe des Schwanzes drei Finger unter das Fell und zog es ab. Die Haut ließ sich abziehen wie ein Handschuh. Dann ließ sie das Tier auf dem Marmor des Ausgusses liegen, mit dem Kopf über den Rand, damit das Blut aus

Mund und Augen auf ein Häufchen Sägespäne am Boden abtropfte. Die Felle nahm sie zum Trocknen mit nach Hause, um sie dem Gerber zu verkaufen, der jeden Samstag mit dem Dreirad vorbeikam. Sie drückte sie flach an die bröckelige Mauer des Holzschuppens, wo sie schrumpften wie Weinbergschnecken, und wenn sie sie wieder abnahm, raschelte es, der Verputz, der in die Haut eingedrungen war, löste sich, und an der Mauer blieb der Abdruck der Schleimhäute zurück, zwischen den grünlichen Ödemen des Schimmels.

Auf dem Feuer brutzelte etwas in einer Pfanne, aber Flora war nicht da. Vielleicht pflückte sie Kräuter im Garten. Er hob den Deckel, und ihm schlug Zwiebeldunst entgegen. Geröstete Zwiebeln. In einem anderen kleinen Topf kochte eine Handvoll dunkelroter Tomaten. Er begriff: Kaninchen nach Jägerart für das Mitternachtsmahl.

13.

Das Auto Onkel Jacopos stand nicht in der Garage. Wahrscheinlich war er in die Stadt gefahren, um Einkäufe zu erledigen. Wer weiß, ob er zum Mittagessen wieder zurück sein würde. Vielleicht konnte er die Gelegenheit nutzen und einen Blick in sein Zimmer werfen. Er näherte sich vorsichtig den Pappkartons, die sich im Lauf der Jahre angesammelt hatten, und versetzte ihnen ein paar

Fußtritte. Ein Piepsen antwortete, und er begriff, daß sie diesmal in die Falle gegangen war. Er nahm einen Besen, um sich einen Weg zu bahnen, denn dieses Geräusch machte ihm angst, und er ekelte sich davor, die Kartons mit den Händen anzufassen. Es war eine große, fette und plumpe Ratte, dunkelbraun und vielleicht schon alt, mit blutunterlaufenen Augen. Sie drehte sich wie verrückt im Kreis, biß in die dünnen Stäbe der Falle, pfiff. Sie hatte sich am Maul verletzt, weil sie in den Eisendraht gebissen hatte, und zwischen dem Schnurrbart quoll blutiger Schaum hervor, mit dem der ganze Boden der Falle verschmiert war. Er versuchte den Besenstiel zwischen die Stäbe der Falle zu stecken, aber die Zwischenräume waren zu eng. Er blickte sich um, auf der Suche nach etwas, was sich besser eignete. Auf einer Konsole sah er Corrados Werkzeug, und er kramte darin. Er nahm eine Heckenschere mit sehr langer Klinge, deren Griffe mit grünem Isolierband umwickelt waren. Er sagte: »Fette Ratte, ekelhafte, fette Ratte.« Als das Tier die Eisenspitzen am Rücken spürte, erstarrte es und begann zu knurren. Er stellte fest, daß er nicht die Kraft besaß, zuzustoßen, er schwitzte, seine Hände wurden schlaff. Er brauchte frische Luft und atmete heftig. Er begann auf und ab zu gehen, wusch sich die Hände unter dem Wasserhahn, wo Corrado sein Werkzeug reinigte. Dann erinnerte er sich, was er früher immer gesagt hatte, wenn er etwas tun mußte, wozu ihm der

Mut fehlte. Mit dem Fuß zog er ein imaginäres Kreuz auf dem Boden, schloß die Augen, kreuzte Mittel- und Zeigefinger und murmelte: »Katzenkreuz, mach nen Sprung.«

Die Ratte kauerte in einem Winkel des Käfigs, in Abwehrhaltung, als erwartete sie ihn. Als er näher kam, begann sie wütend zu pfeifen. Er versuchte, sie mit der Spitze der Schere zu berühren, und das Tier warf sich blitzartig auf den Rücken, packte die Schere mit den Vorderbeinen und biß zu. Die Wunde am Maul öffnete sich wieder, und Blut spritzte auf das helle, glatte Fell des Bauchs. Das wäre der Augenblick gewesen, zuzustechen, er hätte ihr den Hals durchbohrt. Er ließ die Schere fallen und stieß sie mit einem Fußtritt weg. Er bedeckte die Falle mit einer Schachtel und rückte die Kartons wieder an ihren Platz. Er ging zum Waschbecken und schrubbte sich mit einem rissigen Stück Seife, das auf dem Waschbecken lag, energisch die Hände. Mit der alten Schürze, die an einem Nagel über dem Hahn hing, wischte er sich den Schweiß von der Stirn. Er setzte sich auf einen Schemel und schloß die Augen.

»Katzenkreuz, mach ’nen Sprung, Katzenkreuz, mach ’nen Sprung.«

Die Uhr im Dorf schlug einmal und nach einer kurzen Pause dreimal hintereinander. Viertel vor zwei. Das Essen war wohl fertig, aber er hatte keinen Hunger.

14.

In der Küche kam es ihm unerträglich heiß vor. Flora, die am Tischchen neben der Kredenz saß, nutzte die Gelegenheit und ruhte sich aus, während sie mit einem Filztuch das Silber putzte. Das Mädchen, das vor dem Tisch stand, hielt einen Strohkorb in den Händen, in den Flora das saubere Besteck legte. Sie unterhielten sich leise, aber als sie ihn hereinkommen sahen, verstummten sie.

»Deine Mutter läßt sich noch frisieren«, sagte Flora. »Sie kommt später herunter. Ich habe mit dem Essen auf dich gewartet.«

Er bemerkte, daß der Küchentisch für drei Personen gedeckt war.

Er sagte, er habe keinen Hunger, setzte sich aber dennoch an seinen Platz. Seine Ohren glühten, er hatte das Gefühl, daß sein Gesicht in Flammen stünde.

»Du bist ganz rot, Duccio, du schwitzt.«

»Es ist zu heiß hier.«

Sie begannen schweigend die Suppe zu essen. Das Geklapper der Löffel auf den Suppentellern schien von ganz weit her zu kommen. Er aß schweigend, mit gesenktem Kopf, und wartete vergeblich darauf, daß die beiden Frauen etwas über das Abendessen und die Gäste sagten. Das Mädchen hätte vielleicht gerne gesprochen, aber zwei strenge Blicke Floras hinderten sie daran. Der

Hase köchelte bei kleinem Feuer in der Kasserolle auf dem Herd, und die Sauce, in der viele kleine Bläschen blubberten, bullerte leise vor sich hin. Er stellte sich das dickflüssige, fette Ragout vor, mit den Ölschlieren in der blutigen Sauce, und er spürte einen so heftigen Ekel, daß es ihm die Kehle zuschnürte. Er verzichtete auf das Hauptgericht und begann mit dem weichen Teil des Brotes zu spielen, das er zwischen Daumen und Zeigefinger zu kleinen Kügelchen rollte.

»Ich habe keinen Hunger mehr«, sagte er und schob den Teller weg.

Er hätte nicht sagen können, wie lange er eine Stelle auf dem Tischtuch anstarrte. Wie im Schlaf lauschte er den gewohnten Küchengeräuschen, den Frauen, die abräumten. Er stützte den Kopf auf die Fäuste und schloß die Augen. Vielleicht einen Moment lang.

Das Geräusch von Onkel Jacopos Auto, das auf dem Kiesweg knirschte, riß ihn aus seinen Gedanken.

15.

Sie ließen den Aprilia im Schatten einer Pinie am Rand der Macchia stehen, dort, wo der Sandstrand begann. Hinter den schmalen, mit Disteln bewachsenen Dünen lag die friedliche Mündung des Flusses, gesäumt von wogendem Schilf. Onkel Jacopo erlaubte ihm, den Farbenkasten zu tragen, einen Holzkoffer mit Ledergriff, und den Klappsessel, dessen Sitz aus gestreifter Leinwand bestand. Sein Onkel betrachtete das Licht, als taste er es ab, er untersuchte die Farben der Natur, um zu entscheiden, was er heute malen würde. An schwülen Tagen, wenn kein Lüftchen sich regte und die Hitze den Strand unter einer vibrierenden Gelatine erstarren ließ, verblaßte die Küste zu einem diffusen Gelb, in das sich Grau mischte, so als liege sie hinter Milchglas: und das Meer, nicht mehr kobaltblau, war von einem bleichen und sehr zarten Himmelblau. An solchen Tagen verschmähte Onkel Jacopo die Küste und malte den Horizont des Meeres aufs Papier, mit feinen, beinahe unsichtbaren perlgrauen Tupfern, mehr Wasser als Farbe, mit einem Hauch von Blau. Aber sie machten ihn nicht fröhlich, er sagte, sie stimmten ihn melancholisch. Ihm waren die glasklaren Tage lieber, an denen eine leichte Brise wehte, die den Rand der Macchia vom Staub befreite und ihr das schöne Dunkelgrün zurückgab, das im Kontrast zum leuchtenden Grün der Pinien stand. Dann funkelte der Strand wie ein Spiegel, wie eine Fläche aus Silbererz. Und das Wasser an der Flußmündung war tiefblau und durchsichtig wie das Wasser des Meeres – ein Spiegel: wenn man genau hinschaute, konnte man die Aalschwärme sehen. Das waren die wirklich mediterranen Tage, sagte der Onkel. Sonnendurchglühte Tage. Faunische Tage.

»Onkel«, bat er ihn dann, »erzähle.«

Und mit vor Staunen weit aufgerissenen Augen lauschte er den Geschichten von Faunen und Waldschraten, die trunken waren von Licht und Leben, die sich ins Blau des Meeres stürzten und lachend wieder auftauchten, aus deren rotblond behaarter Brust Salzwasser tropfte und die einander nachliefen und in der Macchia verschwanden, hüpfend zwischen den Haselnußsträuchern.

»In dieser Macchia, Onkel?«

»Ja, gewiß, in dieser Macchia. Hier, zwischen Tamarisken und Myrten, an diesem mediterranen Strand, wo die Etrusker lachten, hier erneuert sich der Mythos.«

So erreichten sie den schmalen Sanddamm, der die Flußmündung abschirmte, ungefähr fünfzig Meter von den Hütten der Fischer entfernt. Es war ein Versteck, denn Onkel Jacopo wollte die Fischer im Naturzustand beobachten, wie sie ganz ungezwungen die Netze einholten, ohne daß sie sich beobachtet fühlten. Er setzte sich auf den Klappsitz aus Leinen und fixierte, indem er mit einer Hand ein Rohr bildete und sie ans Auge hielt wie ein Objektiv, einen der Fischer, der gerade die Winde eines großen Netzes drehte. Und wenn der Mann zu ihnen herüberblickte oder verblüfft innehielt, vielleicht, weil er sich beobachtet fühlte, dann redete Onkel Jacopo leise und beschwörend auf ihn ein, forderte ihn auf, weiterzumachen, sich nicht so anzustellen: »Laß deine Muskeln spielen, urwüchsiger, glücklicher Faun, der du auf dem antiken Strand tanzt, ohne es zu wissen!«

Und er lachte in sich hinein, während er malte. Er war glücklich.

Dann fuhr der Bootsbesitzer vorbei, mit langsamen Ruderschlägen. Er winkte ihnen aus der Ferne zu. Er brachte die Leute ans andere Ufer, auf die schmale, mit weißem Sand bedeckte Landzunge, die sich vor der Flußmündung gebildet hatte: ein paar Bauern aus den roten Häusern, eine alte Frau, die, ausgerüstet mit einem schwarzen Schirm, zum Sandbaden fuhr, schreiende Kinder, dicke, mit Bündeln beladene Mütter. Er war ein dunkelhäutiger, magerer Junge, er hieß Ciro, trug eine ausgeblichene Barchenthose, die ihm bis zur sonnenverbrannten Brust reichte. Onkel Jacopo erwiderte den Gruß, indem er mit dem Pinsel winkte, und trällerte. Wenn er wirklich guter Laune war, sagte er ein paar Verse eines Gedichts auf:

... Es duftet
nach Meerwasser deine Haut
die dunkel ist vor Sonne. Schlank
sind deine Beine, glatt wie Bronze ...

Die im Zenit stehende Sonne zeigte an, daß es Mittag war. Aus dem Korkbehälter holten sie das Mittagessen, das Flora zubereitet hatte: Brötchen, belegt mit Huhn, Salatblättern und Mayonnaise, frisch gepreßter Orangensaft und Birnen. Sie aßen im Schatten des Schilfs und hörten zu, wie die Wellen im Schweigen des Mittags in der Bucht leise plätscherten. Dann sagte Onkel Jacopo, er wolle ein wenig mit Ciro plaudern, und bat ihn, sich auf keinen Fall von der Stelle zu rühren. Manchmal erlaubte er ihm sogar zu malen, und bevor er ging, mußte er ihm feierlich versprechen, daß er ihn nicht suchen würde. Aber er hatte auch gar keine Lust, ihn zu suchen: Es war heiß, und die Brise, die vom Meer her kam, reichte nicht aus, um den Zauber des Lichts, das ihm die Lider schwer werden ließ, zu brechen. Er versuchte sich gegen den Schlaf zu wehren, sich mit einer Eidechse abzulenken, die flink durch das Dornengestrüpp schlüpfte: Aber die träge Stimmung des Ortes überwältigte ihn, die Zikaden zirpten und zirpten und ließen kein anderes Geräusch zu. Er streckte sich auf dem Sand aus, schob sich die Hände als Kissen unter den Kopf und spürte, wie er leicht, ganz leicht wurde. Als ob er fliege.

16.

Es hatte aufgehört zu regnen, aber in der Luft lag noch immer ein kühler Dunst, der die Haare verklebte und an den Wimpern hängenblieb. Der Park dampfte. Er schloß die Tür hinter sich und ging die Stufen hinunter. Er überquerte den vor Feuchtigkeit glänzenden Kiesweg und erreichte das Gittertor. Er vermied es, auf die Wiese zu treten, um keine nassen Schuhe zu bekommen, und ging über die rutschigen Fliesen am Rande des Grases. Die Kapelle war geschlossen. Die Steine der Bank waren nun völlig von Efeu überwachsen. Der Bus kam angefahren und blieb an der Haltestelle stehen. Die hintere Tür ging auf, und er sah, wie zwei schwarzbestrumpfte Frauenbeine ausstiegen. Instinktiv versteckte er sich hinter einer Hecke und sah verstohlen hervor. Es war eine alte Frau mit einem Strauß Blumen und einer Strohtasche, die in Richtung Dorf zu gehen begann. Der Bus hupte an der Kurve, aber niemand kam ihm auf der Landstraße entgegen. Er ging zum Dienstbotentor und öffnete das Türchen des Briefkastens, dazu hob er den kleinen Eisenriegel an. Es war ein altes, dunkelgrün lackiertes Kästchen mit schmiedeeisernen Verzierungen, das an den Stäben des Tores hing, mit dem Relief eines Löwengesichts auf der Vorderseite, dessen Maul ein breiter Spalt war. Er fand einen Reklameprospekt für ein französisches Buch. Er las: *Poupées du monde entier*. Er war stolz, daß er Französisch konnte. Es war ein Hochglanzprospekt mit dem Foto einer äußerst dünnen Puppe darauf, die ein Perlentäschchen schwenkte. Sie trug ein sackartiges Röckchen, hatte kurze Haare mit zwei flach an die Schläfen gedrückten Locken und hielt die Beine gespreizt. Darüber stand: *original déco*. Der Prospekt war an Onkel Jacopo adressiert. Er steckte ihn wieder in den Briefkasten. Er drehte sich um und betrachtete die Villa. Die Fensterläden vor dem Zimmer seiner Mutter waren noch geschlossen. Er versuchte sich auszurechnen, welches Fenster zu welchem Zimmer gehörte. Er übersprang das Erdgeschoß und begann beim ersten Stock: das seiner Mutter, seines, das Bad, das Onkel Jacopos, das Ankleidezimmer, der Salon, der sich direkt über dem im Erdgeschoß befand, das Kinderzimmer (warum hieß es so, welche Kinder waren gemeint, vielleicht sein Vater und Onkel Jacopo, als sie noch Kinder waren?). Über den Fenstern im ersten Stock, unterhalb der runden Luken der Dachbodenfenster, war eine Reihe mit wenigeren, kleineren Fenstern: die Dienstbotenzimmer. Sein Herz machte einen Sprung, als er sah, daß die Läden eines der Zimmer ein wenig geöffnet waren. Dann stellte er fest, daß es das Zimmer der jungen Bauerstochter war, neben dem von Flora. Das Zimmer, an das er dachte, hatte keine Fenster, war kaum mehr als ein Kämmerchen, in dem immer schon alte Möbel aufbewahrt worden waren.

Er wollte nachsehen, ob der Briefkasten schon geleert worden war, aber in diesem Augenblick tauchte Flora am anderen Ende der Allee auf, aus der Richtung des Gemüsegartens an der alten Mauer. Wenn er sich beeilte, konnte er noch rechtzeitig in die Garage gelangen. Als er um die Ecke schlüpfte, erinnerte er sich an jenen Tag vor langer Zeit, als das Päckchen mit dem rosa Band gekommen war.

17.

Das Päckchen lag im Briefkasten. Ein längliches, in dunkelblaues Papier gewickeltes und mit rosa Band verschnürtes Päckchen. Es kostete ihn einige Mühe, es herauszuholen, er mußte sich auf die Zehenspitzen stellen. Die beiden riesigen bunten Briefmarken auf der rechten Seite gefielen ihm, aber zuerst mußte er um Erlaubnis bitten, sie abzulösen. Er betrachtete die Adresse. Sehr ge-ehr-te Frau ... Darauf folgte der Name seiner Mutter. Er war in roten Buchstaben mit Schreibmaschine geschrieben, und er spürte plötzlich den heftigen Wunsch, das Band zu lösen. Vielleicht war es vom Grafen Tullio. Graf Tullio schickte manchmal von seinen Reisen Postkarten, kleine Geschenke, Souvenirs. Einmal war aus einem fernen Land auch für ihn ein Päckchen gekommen: *Für den kleinen Duccio.* Es war eine bezaubernde kleine Puppe, als Gaucho gekleidet und mit einer Gitarre um den Hals; sie begann zu tanzen, wenn man an ihrem Ohr drehte, während im Inneren ihres Bauches eine Spieluhr eine Cumparsita spielte. Gleichzeitig mit der Puppe war eine Karte gekommen, auf der eine Terrasse, umrahmt von Blumen, abgebildet war, und anstelle von Grüßen stand auf der Rückseite ein unverständliches Wort: *soledad.* Seine Mutter hatte die Puppe den ganzen Abend auf dem weißen Tisch auf der Terrasse tanzen lassen, und dabei hatte sie rote Augen bekommen.

Er widersetzte sich mit aller Kraft der Versuchung, das Päckchen zu öffnen. Es gab nichts, was seiner Mutter mehr Kummer bereitete als ungezogenes Benehmen. Sie sagte immer, sie könne über alles hinwegsehen, nur nicht über ungezogenes Benehmen. Fremde Post zu öffnen war sehr ungezogen. Er lief ins Haus und hielt das Päckchen wie eine Trophäe hoch. An der Tür stolperte er und wäre fast hingefallen. Flora war in der Küche und bereitete das Frühstück für seine Mutter zu. Wenn seine Mutter eine schlimme Nacht hinter sich hatte, nahm sie das Frühstück im Bett zu sich. Sie stand erst gegen Mittag auf und erschien im Hausmantel auf der Terrasse, während sie sich die langen Haare kämmte. Gegen ein Uhr ging sie ins Eßzimmer hinunter, mit geschwollenen Augen und ohne Appetit.

»Da ist ein Päckchen für Mama.«

Flora legte eine Serviette über das Silbertablett. Auf dem Gasherd wurde gerade eine Schnitte Brot geröstet. Nur eine einzige. Seine Mutter haßte es, am Morgen zu kauen. Flora bestrich das geröstete Brot mit Butter und legte es auf einen kleinen Teller. Dann goß sie Orangensaft aus der Presse in ein langstieliges Kristallglas. Sie füllte eine winzige Silberamphore mit Gelée royale und steckte einen Teelöffel hinein. Die Mutter aß jeden Morgen zwei Teelöffel Gelée royale. Flora legte das Päckchen neben das Frühstück und drückte ihm das Tablett in die Hände. »Du darfst

Kellner spielen, aber mach um Himmels willen nichts kaputt.«

Mit pochendem Herzen stieg er die Treppe hinauf und setzte sorgfältig einen Fuß vor den anderen. Da er nicht klopfen konnte, rief er vor der Tür: »Mama, ich bin's.«

Stille. Er versuchte, mit der Schuhspitze gegen die Tür zu klopfen, aber der Orangensaft schwappte gefährlich im Glas, und ein paar Tropfen fielen auf den Teller. Er stellte das Tablett auf den Boden und drehte am Türknopf, gleichzeitig klopfte er. Es antwortete ihm ein langgezogener Ton, fast eine Klage: »Cino.« Er betrat den Raum mit triumphierender Geste, schritt sicher durchs Halbdunkel. Er stellte das Tablett auf die Kommode und schob dabei die Fotos seiner Mutter und seines Vaters zum Spiegel hin. Er ging zum Fenster und öffnete die Vorhänge einen Spaltbreit, damit das grelle Licht seiner Mutter nicht in den Augen weh tat. »Den Flakon da«, seufzte seine Mutter und zeigte auf ein Fläschchen aus geschliffenem Kristallglas auf dem Toilettentisch, »und die Watte.«

Er reichte ihr das Rosenwasser und die Watte, und sie betupfte sich Lider und Schläfen. Während er ihr das Tablett auf die Knie stellte, gab er ihr rasch einen Kuß auf die Stirn.

»Und das?«

»Das lag im Briefkasten.«

Seine Mutter musterte das Päckchen neugierig

und drehte es um, um den Namen des Absenders zu lesen. Aber da stand nichts. Sie zupfte sich die Rüschen ihres Nachthemds auf der Brust zurecht und strich sich die Haare zurück. Sie löste ungeduldig das rosa Band und nahm ein in Stanniolpapier gewickeltes Paket heraus. »Was für eine sonderbare Idee«, sagte sie lachend. Sie richtete sich in den Kissen auf und begann es zu öffnen. »Cino, mach bitte die Fensterläden ein wenig auf.«

Er hörte den Schrei, während er an der Klinke des Fensterladens hantierte, die sich kaum drehen ließ, weil sie so verrostet war. Auf dem Gesicht seiner Mutter lagen Ekel und Verwunderung. In den Händen hielt sie einen Fisch, einen Hecht mit aufgedunsenem Bauch und weitaufgerissenem Maul, in dessen einer Kieme ein Angelhaken mit einem Kärtchen steckte. Er erfuhr nie, ob seine Mutter Zeit gehabt hatte, das Kärtchen zu lesen. Er sah nur, daß ihre Hände sich öffneten und das Tier aufs Tablett fallen ließen, er hörte das Geräusch von splitterndem Kristallglas und sah zu, wie sich der blutrote Fleck des Orangensaftes auf dem Laken ausbreitete, während seine Mutter sich wie eine Erstickende an die Kehle faßte und schrie und schrie. Dann war da das Schlurfen eiliger Schritte im Korridor, Flora, die nutzlose Fragen stellte, ihr Hilferuf, den sie aus dem Fenster schrie, das Stöhnen seiner Mutter, die in die Kissen zurückgesunken war, jemand, der über den Kies der Allee lief.

Er erinnerte sich, daß die darauffolgenden Tage

still und gedämpft waren, voller Einsamkeit und Ermahnungen, keinen Lärm zu machen, daß zwischen Flora und dem Bauernmädchen, das kam, um die schweren Arbeiten zu verrichten, flüsternd Sätze und heimliche Blicke getauscht wurden. »Der Doktor sagt, keine einzige Tablette darf in ihrer Nähe sein, auch wenn sie nicht schlafen kann, ich soll es lieber mit Kamillentee oder mit Mohn versuchen ...« Geflüster in den trägen Stunden in der Küche nach dem Abendessen, während er auf dem Tisch döste, mit dem Kopf auf den Armen.

»Cino, es ist Zeit, ins Bett zu gehen.«

Er durfte seiner Mutter gute Nacht sagen. Das Lämpchen auf dem Nachttisch war mit einem tiefblauen Tuch abgedunkelt. Die langen Haare seiner Mutter ergossen sich über das weiße Kissen. Er näherte sich auf Zehenspitzen, ängstlich darauf bedacht, kein Geräusch zu verursachen. Er berührte ihre Wange mit den Lippen. Seine Mutter öffnete ein wenig die Augen und lächelte. »Cino«, flüsterte sie, »Cino.«

»Ja, Mama.«

»Versprich mir, daß du dich dein ganzes Leben lang an etwas erinnern wirst.«

»Ja, Mama.«

»Cino, was auch immer du hörst, Cino, erinnere dich, daß dein Vater ein Held war. Ein Held, Cino.«

»Ja, Mama.«

Er ging ganz leise hinaus und schloß sanft die Tür.

18.

Er wachte auf von dem Geräusch einer Autotür, die zuschlug. Zuerst dachte er, es sei Onkel Jacopo, dann hörte er, daß noch eine zweite Autotür mit dumpfem Knall ins Schloß fiel, und er begriff, daß es kein Personenwagen sein konnte. Steif erhob er sich vom Diwan und schüttelte das Bein, das ihm eingeschlafen war, weil er es im Liegen angezogen hatte, und öffnete vorsichtig die Vorhänge. Es wurde bereits Abend. Er sah einen kleinen, mit Kies beladenen Lastwagen und zwei Männer in Overalls, die mit Corrado plauderten. Ihre Worte waren durch die Glastür hindurch ganz deutlich zu verstehen. Corrado zog ein Päckchen Zigaretten heraus und bot den beiden Arbeitern eine Zigarette an. Dann zündeten sie sie sich an, alle drei. Während sie rauchten, unterhielten sie sich leise. Er verstand, daß es um Politik ging. Einer sagte: »Ich sage dir, Togliatti ist schlauer als ...«, aber er verstand nicht, wer weniger schlau sein sollte. Corrado sagte: »Beeilen wir uns, es wird schon Nacht.« Der jüngere der Arbeiter öffnete die Haken an der Seitenwand der Ladefläche, kletterte auf den Lastwagen und stieß die Seitenwand mit einem Fußtritt auf. Der Kies prasselte auf den Boden und wirbelte eine Staubwolke auf. Corrado nahm einen Rechen und begann ihn auf dem Weg zu verteilen. »Helft mir«, sagte er, »im Schuppen sind zwei Schaufeln, in zehn Minuten sind wir fertig.«

Genau in diesem Augenblick, in dem der ältere der beiden Arbeiter in den Schuppen ging, um die Schaufeln zu holen, zog er sich zurück. Er ließ den Vorhang fallen, setzte sich auf den Diwan und wartete darauf, daß sie fertig wurden. Es kam ihm vor wie eine Ewigkeit. Er wollte einen Brief schreiben, aber wenn er Licht machte, hätten sie gewußt, daß er sich dort aufhielt. Die Uhr im Dorf schlug fünfmal. Schließlich hörte er das Geräusch des davonfahrenden Lastwagens. Er ging zum Schreibtisch und knipste die Lampe mit dem schweren Messingfuß an, der aussah wie ein Kerzenhalter in der Kirche. Er nahm ein Blatt Papier mit Briefkopf und Wappen und trennte mit dem Papiermesser den bedruckten Teil ab. Er schrieb.

»Lieber Nemo,

in dem Zimmer in dem Du jetzt bist, steht eine Truhe an der Wand. Sie ist voll mit alten Kleidern und anderem Kram. Ich bitte Dich, wirf einen Blick hinein, und Du wirst verstehen. Als Kind habe ich oft darin gestöbert. Später hat man es mir verboten.«

Er schrieb ungestüm und füllte rasch die beiden Seiten des Blattes. Er las nicht noch einmal durch, was er geschrieben hatte. Er faltete das Blatt zweimal und steckte es in einen Umschlag. Dann zog er es noch einmal heraus und fügte ein Postskriptum hinzu: »Ich habe beschlossen, mir den Keller anzusehen. Verstehst Du? Ich werde es sehen und endlich Bescheid wissen. Ich bin erst ein einziges Mal hinuntergegangen, vor Jahren, ich hatte große Angst und sagte mir einen Abzählvers vor: Ene mene mu ...«

19.

Er trieb sich im Speisezimmer herum, um gesehen zu werden. Flora war mit einer Schüssel Schlagsahne beschäftigt. Er wußte, daß seine Mutter sich noch frisieren ließ und daß sie erst später herunterkommen würde. Der Tisch im Speisezimmer war bereits gedeckt, das Mädchen kümmerte sich um die letzten Details und steckte die Nelken in die schlanken Silberkelche. Er bemerkte, daß das Mädchen bereits seine Sonntagstracht trug: ein schwarzes Kleid mit Faltenrock und ein weißes Schürzchen. Wenn sie bei Tisch servierte, würde sie ein Spitzenhäubchen tragen. Er überlegte sich, wer wohl die beiden Gäste waren. Einer war vielleicht Graf Tullio. Aber nein, das war unmöglich. Wenn dieser Hochstapler es wagt, nach Italien zu kommen, schicken sie ihn nach Porto Azzurro auf Urlaub: Das hatte Flora damals gesagt, als seine Mutter soviel weinte. Er nahm sich eine Brotstange aus dem Körbchen und lief durch die Vordertür hinaus, weil er in der Küche nicht gesehen werden wollte.

Inzwischen war es Nacht geworden, aber er konnte sehen, daß der Aprilia noch immer nicht an seinem Platz in der Garage stand. Er griff in die

Tasche, um zu überprüfen, ob er die Taschenlampe auch nicht vergessen hatte. Sie bestand aus einem flachen, grün lackierten Gehäuse, und das Licht kam aus einem Glaskopf; eine monströse Kirche war darauf abgebildet mit folgender Aufschrift: *In Montenero hab ich dein gedacht und dir dieses mitgebracht.* Flora hatte sie ihm vor Jahren mitgebracht, als sie mit dem Dorfpfarrer einen Ausflug gemacht hatte.

Vor der Kellertür blieb er stehen. Er bemerkte, daß er schwitzte, und atmete tief ein. Er machte einen Schritt nach vorne und drei zurück, drei nach vorne und einen zurück, drei nach links und einen nach rechts. Das Blut hämmerte wie wild in seinen Schläfen. Er sagte: »Ruhig, Duccio, ruhig, es geht ja nur darum, etwas auszulöschen.«

Erst als er die Tür geschlossen hatte, machte er die Taschenlampe an. Sogar das Knirschen der Schuhe wurde an diesem Ort, wegen der Deckengewölbe, zu einem tiefen, hallenden Geräusch. Es war bitter kalt. Aus diesem Grund hatte der Keller früher als Weinkeller gedient, zu einer Zeit, als auf dem Landgut noch Markenwein hergestellt wurde, bevor sich nur noch die Bauern um die Weinberge kümmerten. In einer Ecke lagen noch ein paar alte verrottete Fässer voller Spinnweben. Neben dem Zementbottich befand sich eine große Wanne mit einer alten Handpumpe. Die ganze Wanne war bis zum Ausguß von einer zarten Schicht Rost überzogen.

Er ging weiter und begann die Wände mit dem Lichtkegel der Lampe abzutasten. Die Flecken waren gut sichtbar, es sah wirklich so aus, als rührten sie von der Feuchtigkeit her. Er spürte die Versuchung, sie zu berühren, zog jedoch die Hand zurück. Um ja nicht mit der Hand die Mauer zu berühren, hielt er das Stück Kohle am äußersten Ende und zog genau die Umrisse der Flecken nach, die willkürlich und unvorhersehbar einmal nach oben, dann wieder nach unten verliefen. Diese Arbeit verrichtete er peinlich genau und sorgfältig an allen Wänden. Als er fertig war, waren die Flecken hervorragend zu sehen. Sie wirkten wie eine seltsame Bergkette, eine Hecke dunkler Wolken. Am Rand der Wanne ruhte er sich einen Augenblick aus. Das Stück Kohle war deutlich geschrumpft, aber noch groß genug, daß er die Arbeit beenden konnte, ohne Gefahr zu laufen, die Mauer mit der Hand zu berühren. Er begann an der Wand ganz hinten, um sich am Ausgang zu befinden, wenn er mit der Arbeit fertig war. Ganz schnell, beinahe im Laufen, brachte er über jedem Fleck ein Kreuz an. Er zählte: eins zwei drei vier fünf sechs...

Als er hinauslief, bemerkte er, daß er weinte. Schweigend und heftig, und er konnte nicht aufhören.

20.

»Ich habe mein Fahrrad im Garten vergessen«, log er, »ich hole es und stelle es in die Garage.«

Flora hatte keine Einwände. Sie war viel zu sehr damit beschäftigt, Gläser auf Tabletts zu stellen und sorgfältig Orangenschnitze zu schälen, die sie elegant arrangiert in Kristallschalen legte, die in einer mit Eiswürfeln gefüllten Wanne standen.

Er vergewisserte sich, daß er die Füllfeder und das Klebeband auch tatsächlich eingesteckt hatte. Die anderen Utensilien hatte er bereits in der Garage versteckt. Hinter dem Balkon seiner Mutter brannte Licht, wahrscheinlich war sie mit der Abendtoilette beschäftigt. Auch das Fenster Onkel Jacopos war erleuchtet. Die Uhr am Glockenturm schlug neun. Er hatte den Eindruck, als ob ein Auto auf der Landstraße langsamer fuhr und die Scheinwerfer auf das Gittertor richtete. Aber für die Gäste war es noch zu früh: Flora war sich sicher, daß sie nicht vor zehn kommen würden.

Er machte das Licht an und zog den Rolladen herunter. So konnte er ungestört arbeiten. Er gab den Schachteln einen Tritt, mit der Absicht, Lärm zu machen. Stille. Er schlug mit der flachen Hand auf die Schachteln und horchte. Das schien ihm ein gutes Zeichen zu sein, aber vorsichtshalber schob er die Schachtel mit dem Besen weg. Er hob sie vorsichtig auf, hielt sie mit zwei Fingern in die Höhe. Die Ratte schien tot zu sein. Sie lag steif in einem Winkel der Falle, mit dem Bauch nach oben und mit starren Pfoten. Er nahm die Heckenschere und stach ein paarmal zu. Sie war wirklich tot. Er schüttelte die Falle, und das Tier rutschte von einer Seite zur anderen.

Er suchte die Schachtel, in der er alles Notwendige versteckt hatte, er erinnerte sich nicht mehr, welche es war. Dann fiel es ihm wieder ein: Es war eine große Schachtel voller Sägespäne mit einem roten Stempel quer darüber: *Zerbrechlich.* Er nahm das Stanniolpapier und legte es auf den Boden, strich es sorgfältig glatt, damit die Falten verschwanden, und ließ die Ratte darauffallen. Mit Hilfe der Schere schob er sie genau in die Mitte des Papiers. Dann nahm er das Kärtchen, das er mit einem Eisendraht durchbohrt hatte, wie eine Kette. Auf einem anderen Stück Papier machte er eine Schriftprobe, und er überlegte, ob es ihm gelungen war, seine Schrift zu verstellen. Vielleicht sollte er lieber in Blockschrift schreiben. Er machte eine zweite Probe und war zufrieden. Dann schrieb er auf das Kärtchen: *Die Maus Barbarello, der Herr dieses Schlosses, ist gestorben.* Er stach den Draht in den Hals der Ratte und bemühte sich, nicht hinzusehen. An den Fingern spürte er den Schnurrbart des Tieres und bekam eine Gänsehaut. Er rollte das Stanniolpapier zusammen und verschloß es mit Klebeband. Aus der Schachtel nahm er ein Stück Packpapier und versuchte, das Päckchen so gut wie möglich einzuwickeln. Damit die Kanten nicht abstanden, befestigte er sie mit zwei weiteren Streifen Klebeband. Er suchte den besten Platz für den Namen des Empfängers und schrieb in Blockbuchstaben den Namen seiner Mutter, wobei er sorgfältig den Titel ausschrieb.

Er versteckte die Falle, rückte die Schachteln zurecht und kehrte sorgfältig die Stanniolschnipsel und die Klebebandstückchen auf, die noch am Boden lagen. Er bemerkte, daß auf den Fliesen am Boden noch ein kleiner Blutfleck war, und wischte ihn mit einem feuchten Lappen auf. Zu guter Letzt wusch er sich im Waschbecken die Hände, dazu krempelte er die Ärmel hoch und schrubbte sich auch heftig die Unterarme ab. Bevor er hinausging, machte er das Licht aus.

Hinter der Balkontür seiner Mutter und dem Fenster Onkel Jacopos brannte noch Licht. Er beschloß, lieber nicht den Garten zu durchqueren, um zum Dienstbotentörchen zu gelangen. Er zog es vor, hinter der Ligusterhecke entlangzugehen, wo er vor allen Blicken sicher war. Er legte das Päckchen in den Briefkasten und lief schnell ins Haus zurück. Flora bereitete gerade die Eiswürfel für den Aperitif, die Salzmandeln und die Pinienkerne vor.

»Deine Mutter möchte, daß du bei ihr vorbeischaust, bevor du in dein Zimmer gehst«, sagte sie zu ihm, während sie sich bemühte, die Eiswürfel aus den kleinen Schüsseln zu fischen. »Sie hat dich den ganzen Tag nicht gesehen.«

21.

So, wieder allein, wie damals vor langer Zeit ... War es verboten? War es Sünde? Würde Engel Duccio zuschauen? Aber er kannte ein Mittel dagegen. Ganz leise sang er vor sich hin:

eins zwei drei
pickerpockerei
picker pocker Haberstroh
eins zwei drei

Barfuß auf den Fliesen. Wie lang der Korridor war! Seine Mutter hatte sich hingelegt, vielleicht Flora auch. Auch er mußte sich an den Sommernachmittagen hinlegen, wenn die Zikaden wie verrückt zirpten, zirpten. Aber der Schlaf wollte nicht kommen. Er versuchte es mehrmals. Er wollte schlafen. Er schloß die Augen, aber unter den Lidern waren so viele kleine Lichter. Er mußte schlafen! Er mußte schlafen!

Schlaf, Kindlein schlaf,
der Vater hüt die Schaf,
die Mutter hüt das Träumelein,
schlaf, Kindlein schlaf.

Er sang das Lied mehrmals vor sich hin und umarmte das Kopfkissen. Vielleicht würde die Zeit schneller vergehen, wenn er die Ritter an der Decke beobachtete. Tick-tack, tick-tack machte die Pendeluhr in der Stille des Vorzimmers. Die Zeit ist etwas Rundes, alle Tage sind gleich. Sie ist da und dreht sich und dreht sich. Wenn jemand über die Allee ging, flog er durch die Fensterläden herein und landete mit dem Kopf nach unten zwischen den Rittern an der Decke. Corrado landete mit dem Kopf nach unten unter dem Pferd Konstantins, des Ritters, der auf einem Auge blind war. Er mußte schlafen! Er mußte schlafen! So, noch fünf Minuten mit geschlossenen Augen, tief atmend, wie es Flora am Abend macht, in der Küche auf ihrem Stuhl; jetzt ist Engel Duccio eingeschlafen, gewiß hat er nicht länger die Augen offenhalten können, jetzt kann er aufstehen. Aber ganz leise, mit bloßen Füßen. Du lieber Himmel, wie lang der Korridor ist! Aber war er auch vor einer Stunde schon so lang, oder ist er in der Zwischenzeit länger geworden? Seine Mutter hatte sich hingelegt und vielleicht auch Flora; vom unteren Stockwerk drang kein Laut herauf. In dem Augenblick, in dem er den Türknopf drehte, regte sich jedoch ein ängstlicher Zweifel: Und wenn Engel Duccio doch nicht schlief? Wenn er hinter ihm stand und so tat, als ob nichts wäre, schweigend? Am besten sagte er sich irgend etwas anderes vor, jedoch nur für sich, ohne daß man ihn hören konnte:

Am dam des
diese male pres
diese male pumpermes
am dam des.

Drinnen war es dunkel, und es roch nach Staub, es gab keine Fenster, nur eine winzige Luke mit Milchglas, die auf den zweiten Treppenabsatz blickte, etwas unterhalb des Dachbodens. Übereinandergestapelte Möbel: ein Schrank mit fleckigem Spiegel, ein Tischchen auf einem Tisch, ein verschnörkelter Diwan und ein Stapel Schubladen. Er schloß die Tür und machte das Licht an, eine Glühbirne an einem Draht, mitten im Zimmer. Der Koffer war voller Motten; wenn man ihn aufmachte, kamen sie scharenweise herausgeflogen. Die Dinge, die er suchte, lagen ganz unten, zuerst war da eine Schicht Zeitungen, dann alte, in Stroh eingewickelte Teller. Er setzte sich den hohen Hut mit der Quaste und dem Totenschädel auf. Und dann legte er den Gürtel mit der Pistole und den Patronen um. Er betrachtete sich im Spiegel des Schrankes. Selbst Engel Duccio hätte Angst bekommen.

22.

»Nemo,
manchmal bin ich davon überzeugt, daß Du ein Versager und ein Feigling bist, ein Mann, der nur seine Seekarten im Sinn hat, ein Egoist, der nichts anderes sieht außer einem winzig kleinen Stück der Welt. Und dann würde ich am liebsten die Tür zu dem Zimmer eintreten, in dem Du Dich einge-

schlossen hast, und Dir Fußtritte versetzen, weil Du nicht so bist, wie ich geglaubt habe, daß Du bist.

Ich bitte Dich, sei wieder der Nemo, der du früher warst, Nemo, bevor es zu spät ist. Und dann denk auch ein wenig an mich, denn ich glaube, daß man vom Bullauge Deiner Kommandokajüte aus Dinge sieht, von denen ich nichts wußte und die ich jetzt verstanden habe. Und wenn Du durch das Torpedoperiskop blicken wirst, wenn diese Dinge im Zentrum des Fadenkreuzes sein werden, dann wirst Du mir ein Zeichen machen, indem Du den Arm senkst, ich werde den Hebel herabdrücken, und die Torpedos werden durchs Wasser zischen, fsssss ...«

23.

Er sperrte die Tür zu.

Er dachte, daß es keinen Sinn hatte, sich auszuziehen, denn er würde sowieso bald wieder aufstehen. Von unten kam leise Musik, eine fröhliche Melodie. Er stand noch einmal auf und schloß die Vorhänge, damit er das Schwarz des Fensters nicht sehen mußte. Er ging zum Tischchen und räumte die Dinge aus den Schubladen, die darin nicht gefunden werden sollten. Er packte alle Blätter zusammen, die er beschrieben hatte. Alle, auch die mit den alten Schulaufsätzen, mit den unbedeutenden Sätzen, die von unwichtigen Dingen handelten. Er stapelte sie alle auf dem Tisch und betrachtete sie zufrieden. Dann erinnerte er sich, daß er in der untersten Schublade, unter den Sommerhemden, die Seite versteckt hatte, auf die er auswendig einen Abschnitt aus der *Kleinen Abhandlung der Toxikologie* geschrieben hatte, die sich in der Bibliothek befand. Er holte sie heraus, und bevor er sie zerriß, las er sie noch einmal:

MYCOBACTERIUM MURINUM: *Gattung der Tuberkelbakterien, einzellig, besitzt genetisches Material, das jedoch anders als bei den Mehrzellern nicht im Kern organisiert ist. Aufgrund der geringen Größe im normalen Mikroskop kaum sichtbar, zur Sichtbarmachung sind Indikatoren (gewöhnliche Farbstoffe) notwendig, oder besser die ganze Kultur. Kultiviert wird das* Mycobacterium murinum *auf Plättchen mit organischem oder synthetischem Nährboden (im letzteren Fall verwendet man am besten Agar als Bindemittel), wo es in sich relativ rasch entwickelnden Kolonien wächst (ca. 20 Min. Wachstumsdauer), dabei entstehen Auswüchse, die auch mit bloßem Auge sichtbar sind. Wenn das Bakterium in den Blutkreislauf gelangt, führt dies in den meisten Fällen zum Tod, da der Mikroorganismus die Atemwege angreift und sie augenblicklich zerstört. Der beste Nährboden ist jedoch verwesender Fisch, der zur Kultivierung auf den Plättchen aufgestrichen wird. Ein Tropfen des Nährbodens enthält einige Millionen Bakterien. Nur selten oder fast nie läßt sich das* Mycobacterium m. *bei der Autopsie nachweisen, da es einen Herz-Kreislauf-Kol-*

laps bewirkt, ohne Giftstoffe oder sonstige toxische Spuren zu hinterlassen; außerdem ruft es in der kritischen Phase des Patienten keine typischen Vergiftungserscheinungen hervor wie etwa die Giftstoffe der Gattung → »Boletum«.

Er trocknete sorgfältig das Waschbecken, knüllte die Blätter zusammen und zündete sie an. Sie waren sofort verbrannt und hinterließen einen rußigen Streifen in der Keramikschüssel. Er wischte den Schmutz mit einem feuchten Tuch weg und ließ Wasser fließen. Er öffnete das Türchen unter dem Waschbecken und schnüffelte. Hervorragend, man roch nichts. Das Säckchen war hermetisch abgeschlossen. Er drückte mit einem Finger auf den kleinen Plastikbeutel. Er war weich, wässerig. Der Goldfisch war wohl vollständig verwest.

Inhalt

Antonio Tabucchi
im Carl Hanser Verlag

Erklärt Pereira
Eine Zeugenaussage
Aus dem Italienischen von Karin Fleischanderl
1995. 208 Seiten

Geschrieben wurde diese stilistisch brillante Lebensbeichte mit dem Temperament eines portugiesischen Fado. Die Lektüre erzeugt einen zutiefst melancholischen Sog und hinterläßt zugleich einen überaus heiteren Leseeindruck. Tabucchi nimmt seine Leser mit auf eine Reise in die Vergangenheit, die sich unversehens als äußerst prägnante Analogie zur Gegenwart erweist und undogmatisch, aber politisch durchweg verständlich und einsichtig in den Text integriert ist: »Es ist der Wind, der durch das neue Europa zieht. Der Wind des Nationalismus, der Fremdenfeindlichkeit und des Rassismus. Das alles hat mich an eine schreckliche Epoche der europäischen Geschichte während der dreißiger Jahre denken lassen.«

Die Welt

Es ist eine Erzählung, die durch die Präzision der Bilder und durch ihre romanische Kargheit wirkt. Nicht nur diese stilistische Qualität macht den Roman des Toskaners Tabucchi zu einem der schönsten und lesenswertesten Bücher dieser Zeit.

Frankfurter Rundschau

Antonio Tabucchi
im Carl Hanser Verlag

Kleine Mißverständnisse ohne Bedeutung
Erzählungen
Aus dem Italienischen von
Karin Fleischanderl
1986. 184 Seiten

Der Rand des Horizonts
Roman
Aus dem Italienischen von
Karin Fleischanderl
1988. 112 Seiten

Indisches Nachtstück
und
Ein Briefwechsel
Aus dem Italienischen von
Karin Fleischanderl
1994. 120 Seiten

Lissabonner Requiem
Eine Halluzination
Aus dem Italienischen von
Karin Fleischanderl
1994. 136 Seiten